Shakespeares
Mädchen und Frauen

莎士比亚风物三部曲

主编 薛晓源

莎士比亚笔下的少女和妇人

〔德〕海因里希·海涅 著

李永平 译

Shakespeares
Mädchen und Frauen

图书在版编目(CIP)数据

莎士比亚笔下的少女和妇人/(德)海因里希·海涅著;李永平译.—北京:商务印书馆,2017
(莎士比亚风物三部曲)
ISBN 978-7-100-13041-7

Ⅰ.①莎… Ⅱ.①海…②李… Ⅲ.①莎士比亚(Shakespeare,William1564—1616)—戏剧文学—文学研究 Ⅳ.①I561.073

中国版本图书馆CIP数据核字(2017)第050375号

权利保留,侵权必究。

莎士比亚笔下的少女和妇人
〔德〕海因里希·海涅 著 李永平 译

商务印书馆出版
(北京王府井大街36号 邮政编码100710)
商务印书馆发行
北京冠中印刷厂印刷
ISBN 978-7-100-13041-7

2017年6月第1版	开本 880×1240 1/32
2017年6月北京第1次印刷	印张 7¼

定价:38.00元

1831年的海因里希·海涅，莫里兹·丹尼尔·奥本海姆绘

威廉·莎士比亚

奥菲利娅，约翰·埃弗雷特·米莱斯绘

米兰达，约翰·威廉·沃特豪斯绘

安东尼与克莉奥佩特拉的会面,劳伦斯·阿尔玛-塔德玛绘

李尔王的三个女儿，古斯塔夫教皇绘

目录

序 / 001

/悲剧/

克瑞西达 / 025

卡珊德拉 / 029

海　伦 / 033

维吉利娅 / 037

鲍西娅 / 041

克莉奥佩特拉 / 047

拉维妮娅 / 057

康斯坦丝 / 063

潘西夫人 / 069

凯瑟琳公主 / 073

贞　德 / 077

玛格莱特 / 081

玛格莱特王后 / 085

葛雷夫人 / 093

安娜夫人 / 099

凯瑟琳王 / 103

安娜·波林 / 107

麦克白夫人 / 111

奥菲利娅 / 115

考狄利亚 / 121

朱丽叶 / 125

苔丝狄蒙娜 / 131

杰西卡 / 137

鲍西娅 / 151

Shakespeares
Mädchen und Frauen

/ 喜剧 /

米兰达 / 161

提泰妮娅 / 163

潘狄塔 / 165

伊摩琴 / 167

朱利娅 / 169

西尔维娅 / 171

希 罗 / 173

贝特丽丝 / 175

海丽娜 / 177

西莉娅 / 179

罗瑟琳 / 181

奥丽维娅 / 183

薇奥拉 / 185

玛利娅 / 187

依莎贝拉 / 189

法国公主 / 191

住持尼 / 193

培琪大娘 / 195

福德大娘 / 197

安·培琪 / 199

凯瑟丽娜 / 201

后记 / 202

译后序 / 216

序

我认识汉堡一位善良的基督徒,他从不接受我们的天父和救世主生为犹太人这一事实。一想到那个人,那个完美的典范,那个最值得尊敬的人竟属于不擤鼻涕的长鼻子一族,他就怒火中烧,气愤难平。那些沿街叫卖旧货的长鼻子人,他压根儿就瞧不上,而让他更为不快的是,他们甚至也像他一样做起了香料和颜料的批发生意,损害到他自己的利益。

恰如这位汉莫尼亚优秀的儿子之于耶稣基督,我之于威廉·莎士比亚也是这样一种情形。一想到他竟是个英国人,属于那个上帝一怒之下创造出来的最令人讨厌的民族,我也是满心的不快。

多么讨厌的民族,多么让人不快的国家!多么的呆板,多么的乏味,多么的自私,多么的狭隘,多么的英国气!这样的一个国家,如果海洋不是怕恶心反胃的话,或许早就把它吞没了……这样的一个民族，一个灰色的、哈欠连天的怪物，它的呼吸中充满了污浊的空气和致命的无聊，它最终会把自己吊死在一根粗大的船缆上……

然而，就是在这样一个国家，在这样一个民族中间，威廉·莎士比亚于1564年4月出世了。

这个赐予我们"人间福音"（世人如此称呼莎士比亚的戏剧）的人，出生在英国埃文河畔的斯特拉特福，这个被称为北方伯利恒的地方。莎士比亚出生时的英国，与今日的英国相比，景象已大不一样；那时的英国，人们还叫它"快乐的英国"；在五光十色中，在假面舞的嬉戏中，在高雅的狂欢中，在奋发的事业心中，在洋溢的热情中，它欣欣向荣……那里的生活还是一场五彩缤纷的竞赛，虽然高贵的骑士傲慢而庄重地扮演着主角，但嘹亮的号角却也激动了市民的心灵……人们不喝浓烈的啤酒，而喝轻松惬意的葡萄酒，这种民主的饮料，使人们在陶然醉意中，彼此不分，平等相待，而方才在清醒的现实舞台上，他们还在按等级和出生区分着彼此……

从那以后，所有这些五光十色的兴致都褪色了，快乐的号声沉寂了，美妙的陶醉消失了……而这部名为《威廉·莎士比亚戏剧集》的书，却留在了人们手中，作为艰难时代的慰藉，作为那个快乐英国真实存在过的证据。

这真是一种幸运，莎士比亚来得正是时候，他与伊丽莎白和雅各布为同一代人。那时，虽然新教已表达了无拘无束的思想自由，但却丝毫没有影响到人们的生活方式和情感方式，而王权，仍在骑士制度奄奄一息的余晖的照耀下，在诗歌的光环中绽放和闪烁。是的，中世纪的民众信仰——天主教，虽然在理论上被摧毁了，但它的整个魔力仍然存于人们的心灵中，仍然存于他们的风俗、习惯和观念中。直到后来，清教徒才得以把旧日的宗教之花一朵一朵地连根拔除，并将乏味的忧郁像一层灰蒙蒙的雾气一样扩散到了全国。此后，那种忧郁更日见没精打采，虚弱无力，终于退化成了一种半心半意、哭哭啼啼、昏昏欲睡的虔敬主义。像宗教一样，英国的王权在莎士比亚时代，还没有经历过微弱的变革，而今天在英国以立宪政体的名义进行的变革，即使对于欧洲的自由不无裨益，也绝不会给艺术带来一点福祉。所有的诗意，都同那个伟大的、真正的、最后的国王查理一世的血一起，从英国的血管中流了出去。诗人可谓三生有幸，对于这一悲惨事件，他或许在精神中预感到了，但却没有作为同代人经历到。今天，莎士比亚常常被称为贵族。在此，我无意于反驳这个指控，而是想为莎士比亚的政治倾向做一辩护：因为诗人洞察未来的目光，已从众多显著的征兆中，预见到了一个铲平一切的清教徒时代，在这个时代，随着王权的消灭，一切生活乐趣、一切诗意和一切轻松活泼的艺术，都将消失殆尽。

确实，在清教徒统治时期，艺术为英国人所不齿。尤其是福音派，不遗余力地攻击戏剧，就连莎士比亚的名字多年来也从人们的记忆中抹去了。今天，如果人们读一读当时的小册子，例如大名鼎鼎的普利因的《优伶酷评》，文中对于可怜的表演艺术的大加挞伐和毒辣咒骂，实在叫人瞠目结舌，不胜惊讶。为了诸如此类的宗教狂热病，我们有必要过于较真而对清教徒怒不可遏吗？当然不必。在历史上，每一个忠实于自己内在原则的人都是正确的，而这些冥顽不化的人却只是服从那种始终一贯的敌视艺术的精神，在教会创建的头两个世纪里，它就已经显示了出来，至今仍余威犹在，在偶像破坏方面发挥着或多或少的影响。这种古老的、不可调和的对于戏剧的反感，不过就是那个古老敌对的一个方面。一千八百年以来，这一敌对一直居于两种截然不同的世界观之间，其中的一种世界观滋生于犹太的贫瘠土壤，而另一种世界观则孕育于繁荣的希腊。的确，耶路撒冷和雅典之间，圣墓和艺术摇篮之间，精神生活和生活精神之间的仇怨，已持续一千八百年之久；由此引发的摩擦和明争暗斗，被公开在人类历史上通晓内情的读者面前。如果我们从今天的报纸上读到，巴黎的大主教拒绝为一个死去的穷演员举行通常的葬礼，那么，这绝非是由于一时任性所致，只有浅见之人才将其认定为一种偏狭的恶意。毋宁说，在这里起支配作用的，是一种古老纷争中反对艺术的立场以及和誓死捍卫立场的激情。艺术经常被希腊精神当作讲坛，用来宣扬生活，反对禁欲的犹太主义；教会则把演员当作希腊精神的工具加以迫害，这种迫害也不放过诗人，因为他们只从阿波罗汲取灵感，并为被放逐的异教神在诗的领域提供了庇护之所。或许这就是仇恨在作祟吧？在最初的两个世纪中，演员乃是苦行教会的死敌，《圣徒言行录》里便经常提到，这些渎神的演员们在罗马的舞台上，为了取悦异教贱民，如何尽情地嘲讽拿撒勒人的生活方式和神秘的宗教仪式。或许就是这种相互猜忌，在教会语言和尘世语言的仆人之间，造成了如此尖锐的分裂吧？

除了苦行的宗教热情外，还有共和主义的狂热，鼓舞着清教徒仇恨古老英国的舞台，因为在那里不仅颂扬过异教和异教的思想，而且还颂扬过保皇主义和贵族。我在别的地方指出过，那时的清教徒和今天的共和主义者，正是这一点上有许多相似之处。但愿阿波罗和永恒的缪斯使我们免于共和主义者的统治吧！

在上述宗教和政治变革的旋涡中，莎士比亚的名字消失了很长一段时间，几乎整整一个世纪以后，他才恢复声誉和荣耀。从此以后，他的声望与日俱增。对于那个几乎一年十二个月都见不到阳光的国土，那个该诅咒的岛屿，那个缺少南方气候的波坦贝，那个煤烟弥漫、机器嘈杂、礼拜味十足、烂醉如泥的英国，他仿佛就是一轮精神上的太阳！仁慈的造化从不会完全剥夺芸芸众生的继承权，她拒绝给予英国人一切美好而可爱的事物，既不给予他们美妙的歌喉，也不给予他们享受的感官，或许她只给了他们酒囊饭袋以代替人类的灵魂；不过，作为一种补偿，她也给了他们一大块公民自由、经营安乐窝的才能和威廉·莎士比亚。

是的，他是精神上的太阳，这个太阳以最耀目的光芒，以仁慈的光辉照耀着那个国度，那里的一切都让我想起莎士比亚，就连最平凡的事物也因此而显得容光焕发。在那里，他的天才的羽翼围绕着我们扑哧作响，从每一重要现象里，都闪烁出他清澈的目光，向我们表达着问候；而当发生重大事件的时候，我们都会看见他频频地、轻轻地点头，带着一丝温和微笑。

在我逗留伦敦期间，当我这个好奇的游客从早到晚寻访所谓名胜的时候,这种关于莎士比亚的直接或间接的回忆,都源源不断地涌入我的脑海,变得异常清晰。每个狮子都使人想起更雄伟的狮子,莎士比亚。我参观过的每一个地方,都在他的历史剧中化为不朽,也正因为如此,我在少年时代便已经熟悉了它们。在那个国家里,这些戏剧,从饱学之士到普通百姓,都可以津津乐道、如数家珍一番,连那个胖乎乎的伦敦塔卫士也不例外。他一身朱服,满面红光,在塔里充作向导,他把中门后的地窖指给你看,查理就在那儿让人杀死了自己侄子,那个年轻的王子;接着他会告诉你,莎士比亚是如何详尽逼真地描写了这段骇人听闻的历史。在威斯敏斯特大教堂,领你参观游览的教堂差役,也会滔滔不绝地谈论莎士比亚。死去的国王和王后,在这里被雕成石像,舒展地躺在石棺里,只要花上一先令六便士就可以瞻仰,而他们在莎士比亚的悲剧中,则扮演着不是野蛮就是可怜的角色。至于他自己,伟大诗人的雕像,则如真人一般伫立在那里,身材魁伟,凝神沉思,手里握着一卷羊皮纸卷册……那上面也许写着咒语,当他在深更半夜张开白色的嘴唇,召唤墓中的死者,那些白玫瑰和红玫瑰的骑士们,便会身着生锈的铠甲和陈旧的宫廷制服,蓦然现身,而贵妇们也叹息着从她们的墓穴中款款走出,接着爆发出一阵阵的击剑声、狂笑声和咒骂声……如同在特鲁里一样,我经常在那里观赏莎士比亚历史悲剧的演出,当基恩在舞台上绝望地四处逃窜,他是如此强烈地震撼我的灵魂:

"马,马,我的国王换一匹马?"

倘若要我一一列举那些令我想起莎士比亚的地方,我就得抄下整本的《伦敦指南》了。最意味深长的是发生在议会里——我之所以提到这个地方,不是因为它是莎士比亚戏剧中经常提到的威斯敏斯特宫,而是因为——在我旁听议会辩论时,不止一次地听到有人谈论莎士比亚,而且还引证他的诗句,这当然不是为了它的诗意,而是因为这些诗句中所包含的历史意义。我不无惊讶地发现,莎士比亚在英国不仅作为诗人而被称颂,而且也作为历史家而被最高的国家权力机关——议会称许。

由此我想说,对于莎士比亚的历史剧,如果人们所提出的要求,只是一个仅以诗意及其艺术表现为最高目的的戏剧家所能满足的,那就不免有失公道了。莎士比亚的任务不仅是诗,也是历史;他既不能任意地加工现有的素材,也不能随心所欲地刻画事件和人物;他既不能遵守事件和地点的统一,也不能遵守单一人物和单一事件的情节的统一。然而,相比于那些虚构或任意改变题材的诗人,尽管他们在形式的严谨和匀称方面达到了炉火纯青地步,尤其在场次的连接上超过了可怜的莎士比亚,但在莎士比亚的历史剧中,其诗意的流动要比那些诗人的悲剧更丰富、更有力、更迷人。

的确如此,这位伟大的英国人不仅是诗人,也是历史家,他不仅拥有墨尔波墨涅的匕首,也拥有克利俄更加锋利的刻刀[*]。在这方面,他足以和最早期的历史学家媲美,后者同样不知道诗与历史的区别,他们不仅提供了一部大事汇编,一个沾染灰尘的史实标本,

---

[*] 墨尔波墨涅:希腊神谱上艺术女神(缪斯)中掌管悲剧艺术的一位,又称哀曲女神;克利俄:希腊神谱上艺术女神中掌管史书的一位。——编者注

而且还通过歌唱让真理显现，让人在歌唱中聆听真理的呢喃。今天人们常说的所谓客观性，不过是一个干巴巴的谎言；描写过去而不赋予我们自己的感情色彩，是不可能的。所谓客观的历史学家，正因为他总是在向当代说话，他的写作就不可避免地带有自己的时代精神，而这种时代精神，将明显地表达在他的作品中，就像书信不仅表露出写信人的性格，还会表露出收信人的性格一样。那种端坐在事实的刑场之上、死气沉沉的所谓客观性，之所以被斥为不真实，乃是因为说明历史真相不仅需要事实精确陈述，而且需要在一定程度上传达出这个事实对于同代人所引起的印象。然而，这种传达是极其困难的任务，因为这不仅需要一种搜集资料的能力，而且还需要一种诗人的直观能力，这种能力，正如莎士比亚所说的，能够发现"过去时代的精髓和血肉"。

他不仅熟知自己国家的历史现象，而且对于古代年鉴所告诉我们的一切，也了若指掌。在他的戏剧中，我们惊讶地发现，他用最真实的色彩描绘了没落的罗马风尚。就像他笔下的那些中世纪的骑士形象一样，他也栩栩如生地描写了古代世界的英雄，并命令他们吐露衷曲，抒发心声。而且，他永远善于把真理提升为诗，连不通人情的罗马人——这个严酷、冷静的散文民族，这个粗暴的掠夺欲和精明的律师才能的混血种——他也能够诗意地加以升华。

但是，关于他的罗马戏剧，莎士比亚也不得不一再听到形式混乱的指责，甚至连才华横溢的作家迪特里希·格拉贝也把这些剧本称为"用诗意装饰的编年史"，说什么这里的一切都缺少中心，人们分不清谁是主角，谁是配角，就算废除了地点和时间的统一，也完全看不到情节的统一。看来，最敏锐的批评家也难免有谬误的时候！我们伟大的诗人不仅不缺乏最后一种统一，而且也不缺乏地点和时间的统一。只是在他那里，这些概念比我们这里多少要宽泛一些：他的戏剧舞台是这个地球，这便是他的地点的统一；他的剧本演出的时期是永久，这便是他的时间的统一；与此相应，他的戏剧的英雄便是舞台光彩夺目的中心，体现了情节的统一……这个英雄就是人类，他不断地死去，又不断地重生——不断地爱，又不断地恨，但却是爱多于恨——今天像蠕虫一样缩成一团，明天便像一只雄鹰飞向太阳；今天得到一顶小丑帽，明天便荣获一顶桂冠，更常见的是两顶同时戴在头上——伟大的侏儒，渺小的巨人，这种按照类似疗法制造出来的神，在他身上神性固然稀少，但总是存在——咳！出于谦逊和羞愧，还是让我们少谈这位英雄的英雄气概吧！

一如莎士比亚对待历史所表现出的忠实和真实，我们发现，他对待自然亦同样如此。人们总是说，他给自然照镜子。其实这一说法并不正确，因为它误解了诗人同自然的关系。反映在诗人心灵中的，并不是自然，而是自然的形象，这种形象类似于最忠实的映象，是诗人的心灵与生俱来的；世界仿佛是与他一起成为世界的，当他从梦幻的童年醒来，达到自我意识的时候，外在现象世界的每一部分便立刻在其整体关系中得到了理解：因为在他的心灵中有一幅整体的图像，使他可以认识一切现象的终极原因；而这一切，对于一颗平庸的心灵，似乎是神秘莫测、难以理解的，按照一般方法来研究，则只能是费尽心力，徒劳枉然……正如数学家单凭一个圆的最小片断，立刻就能说出整个圆和圆心一样，诗人也能够凭借对外在现象世界的最小片断的直观，立刻揭示出这个片断的整体关系和普遍关联，他仿佛洞察到一切事物的循环轨道和中心，他是从事物最广的范围和最深的中心来理解它们的。

　　在那个将世界整体化的神奇过程发生之前，诗人必须始终从外在的现象世界中接受一个片断；这种对于现象世界片断的觉知，是通过感官发生的，它仿佛就是引起内在领悟的外部事件，而诗人的艺术作品便源于这种内在领悟。艺术作品愈是伟大，我们就愈是好奇地想去了解那些使艺术作品得以产生的外部事件。我们喜欢探究关于诗人真实生活的各种资料。这种好奇心非常愚蠢，因为由上述可知，外部事件的伟大和它所产生的作品的伟大，两者之间没有丝毫的关系。那些事件可能非常平淡无奇，正如诗人的外部生活也非常平淡无奇一样。我说平淡无奇，是因为我不想采用更让人沮丧的字眼。诗人是在他们作品的光辉中呈现于世界的，尤其是当我们从远处看他们时，就觉得他们熠熠闪耀，光彩夺目。啊，别让我们从近处观察他们的生活吧！他们就像金色的光线，在夏日的夜晚，从草丛和叶簇中闪耀灿烂的光芒，以至于人们相信，他们就是大地上的星辰……以至于人们相信，他们就是游园的王子遗落在树丛间的钻石、碧玉和贵重的珍宝……以至于人们相信，他们是消失在茂草丛中的太阳石，到了凉爽的夜晚，便振作精神，快乐地闪烁起来，直到清晨来临，赤红的火球重又把它们吸入自身……唉，请不要在白天寻找那些星辰、宝石和太阳石的踪迹吧！你不会找到它们，你只会看到一条可怜的、苍白的蠕虫，惨兮兮地在路上爬行，那样子令你作呕，只是出于奇怪的怜悯，你才不忍用脚去踩死它。

莎士比亚的私人生活是怎样的呢？尽管人们做了大量的研究，却几乎一无所获。这是一种幸运。关于诗人的青少年时代和生平，流传过各种各样无从考证而又愚蠢的传说。据说，他曾和当屠夫的父亲一起宰过牛……也许这些牛就是那些英国评论家的祖先，想必是出于怨恨，他们到处说他不学无术和缺乏艺术造诣。又据说，他做过羊毛生意，结果经营不善，赔了老本……可怜的骗子！他认为，他要是做起羊毛生意来，一定会过上养尊处优的日子。这些逸闻，诚可谓真假莫辨，我一点儿都不相信。我倒是更倾向于相信，我们的诗人确实干过偷猎的事情，为了一只小鹿羔而身陷法网；就算这样，我也不愿诅咒他。德国不是有这样一句吗："老实人也会顺手牵羊。"后来，他逃到了伦敦，在那里为了几文酒钱，在戏院门口给阔佬们看马。长舌妇们在文学史中唠叨不休的，大概也就是这些了吧。

关于莎士比亚生活状况的真凭实据，乃是他的十四行诗。然而，我也不愿多谈，只因那里面表现了人类深重的苦难，才使我对诗人的私人生活有了上述的看法。

有关莎士比亚生平的确切资料之所以缺乏，如果考虑到他死后所发生的政治和宗教的革命，也就不难解释了。这场政治和宗教的革命，一度导致了清教徒的全面统治，并在后来产生了令人不快的影响，它不仅毁灭了英国文学史上的伊丽莎白黄金时代，而且还使它湮没无闻。上世纪初叶,当莎士比亚的作品重见天日时,有助于文本解释的一切传统都已荡然无存,批评家们只好乞求一种以浅薄的经验主义和可怜的唯物主义为根据的批评。除了威廉·赫兹利特之外,英国不曾出现过一个出色的莎士比亚评论家,而饾饤琐屑、平庸浅薄、妄自尊大、自吹自擂,则是随处可见。如果有哪个人能够给可怜的诗人指出古典知识方面,或地理和年代方面的错误,并怜悯他没有钻研过古人的原著,以及欠缺学校知识,那他高兴得简直就要爆炸了。他竟然让罗马人戴上帽子,让船只在波希米亚靠岸,并且在特洛亚时期引证亚里士多德!这是一个在牛津大学荣获硕士学位的英国学者所不能容忍的。我称之为唯一例外的莎士比亚评论家,是已故的赫兹利特,他在所有方面都是独一无二的,无人能出其右,他的思想卓越而深刻,在他身上混合了狄德罗和伯尔纳,他不仅有炽热的艺术意识,还有火热的革命激情,永远喷射着活力和智慧。

德国人比英国人能更好地理解莎士比亚。在此,必须首先重提那个尊贵的名字,在我们需要伟大的创造精神的地方,我们处处都会遇到这个名字。在德国,戈特霍尔德·埃弗拉伊姆·莱辛是第一个为莎士比亚发声的人。为了给这位所有诗人中最伟大的诗人建立一座庙宇,他搬来了最沉重的砖石,而尤堪称颂的是,他不辞辛劳,从建造庙宇的地基上,扫除了陈年的垃圾。他以满腔的建设热情,无情地摧毁了遍布那个地基上的轻浮的法国戏剧舞台。戈特霍尔德绝望地摇动着他蜷曲的假发,整个莱比锡都为之而颤动,他的夫人或由于恐惧或由于扑粉，而脸色苍白，可以肯定地说，莱辛的《剧评》完全是为莎士比亚而写的。

莱辛之后，应提到的是维兰德，他通过翻译这个伟大诗人的作品，更有力地推动了莎士比亚在德国的影响。殊不知，正是这位《阿加通》和《摩沙里昂》的作者，美神的轻浮骑士，法国人的追随者和仿效者，一下子被英国人的严肃紧紧地攫住，他竟然把那个将要结束自己统治地位的英雄，高举到了盾牌之上。

在德国，拥戴莎士比亚的第三个伟大声音是我们可爱的、尊贵的赫尔德，他充满热情，不遗余力地宣传莎士比亚。歌德也以响亮的号角向他致敬。总之，这一支耀眼的君王队伍，一个接一个地把他们的票投入了票箱，选举威廉·莎士比亚为文学皇帝。

当骑士奥古斯特·威廉·冯·施莱格尔和他的扈从、枢密官路德维希·蒂克荣耀行吻手礼，并向世人允诺，伟大威廉的千年帝国如今方得永葆之时，那位文学皇帝已稳坐他的宝座了。

我不否认奥·威·施莱格尔先生翻译莎士比亚戏剧的功绩，也不否认他就这些戏剧所做的讲座的贡献，倘若如此，那是不公道的。但是，坦白地说，他的这些讲座太缺乏哲学基础了。在这些讲座中，到处流露出浅薄的一知半解，一些丑陋的内心活动也暴露无遗，我实在不敢无条件地恭维这一切。奥·威·施莱格尔的热情是刻意装扮出来的一种蓄意骗人的伎俩，正如醉翁之意不在酒，他和其他的浪漫派一样，神化莎士比亚，是为了间接地贬低席勒。无疑，施莱格尔的翻译是迄今为止最成功的，符合一切人们对韵体所能提出的要求。他的天赋中的女性气质，对于翻译者却恰到好处，他的毫无个性的技巧使他能够完全深情而忠实地依附于异国的精神。

不过，我必须承认，尽管施莱格尔的翻译有很多优点，但有时我却更喜欢艾欣布尔格完全用散文体翻译的旧译本，理由如下：

莎士比亚的语言并非他本人所特有的，而是他的前辈和同辈传授给他的，这就是传统的舞台语言，无论是否适合他的才能，当时的戏剧家都必须采用这种语言。人们只要浏览一下多茨利的《古剧选集》，就会发现，当时所有的悲剧和喜剧用的都是同一种表达方式，同样的浮华辞藻，同样夸张的优雅、造作用词，同样的奇想、风趣和华丽，这些我们在莎士比亚的作品中也同样能找到；那些少见多怪的头脑盲目地赞赏它，而那些见多识广的读者即使不批评的话，也仅是当作一种外表，一种必须服从的时代限制而原谅它。只有在莎士比亚的天才完全显露出来的地方，他的最高的启示才能完全表达的地方，诗人才会抛开那种传统的舞台语言，呈现出一种崇高而优美的、纯朴而简单的状态，它同诗人毫无修饰的天性媲美，使我们充满甜蜜的战栗。的确，在这些章节中，莎士比亚的语言有着自己的特色，而这种特色是那些以韵脚追随思想的韵体译者，永远也不能忠实反映出来的。韵体译者在舞台语言的普通轨道上，丢失了这些非凡的章节，连施莱格尔先生也不能避免这种命运。韵体译者的努力，如果丢失了诗人的精华，而只保留了其糟粕，那么这种努力又有何益呢？散文体的翻译，比较容易再现原文的质朴无华和近似自然的纯洁性，也就因而胜韵体翻译一等。

紧随奥·威·施莱格尔之后，路·蒂克作为莎士比亚作品的诠释者也取得了若干成绩，这主要体现在他的《剧评之页》上。这部于十四年前发表在德累斯顿《晚报》上的文章，曾在戏剧爱好者和演员中间引起了极大的轰动。可惜，在他的那些文章中，无处不充斥一种冷漠的、枯燥的教训口吻，据说，这个"可爱的饭桶"（古茨科这样称呼他）曾在私下里偷偷地练习过这种口吻。凡是他在古典语言甚或哲学上所缺少的，他都通过庄重和古板来加以弥补。于是，人们仿佛看见，约翰逊先生端坐在安乐椅上，在对王子进行训导。尽管渺小的路德维希架子十足、夸夸其谈，想以此来掩饰他在语言学和哲学上的不学无术，但在上文提到的《剧评之页》中，仍不乏他对于莎士比亚剧中人物性格的敏锐见解，而且我们也随处可以遇到蒂克先生早期作品中那种永远令人惊叹和为人称许的诗意的直观能力。

唉，这个蒂克，也曾经是一位诗人，即便算不上第一流，至少也是一个有抱负、有追求的人，现如今竟跌落到了如此地步！在他早期的那个洒满月光的童话世界里，缪斯的创造是多么地自由奔放！相比之下，他现在每年提供给我们的那些急就章，是何等地微不足道啊！以前我们是多么地喜欢他，而现在又是多么地讨厌他，这个软弱无能的忌妒者，竟在他的那些花边小说中，对德国青年的痛苦热情大肆诽谤！莎士比亚曾说过："没有什么比变味的甜点更令人恶心，没有什么比腐烂的百合更臭不可闻！"这句话用在蒂克身上，真可谓恰如其分。

在关于伟大诗人的德国评论家中，不能不提到已故的弗兰茨·霍恩。他对莎士比亚的解说无论如何都是最完整的，共计五卷本之多。这里面不乏智慧，但却是那样的畸形和稀薄，甚至比没有智慧的贫乏更让人不快。奇怪的是，这个出于热爱而将自己的一生都献给了莎士比亚，并成为他最狂热崇拜者的人，竟然是一个气弱体虚的虔敬派教徒。但也许正因为感到自己灵魂的贫弱，才激发了他对莎士比亚力量的一种持久的赞叹。当这个英国的泰坦在他激情迸发的舞台上，将珀利翁山堆到俄萨山上，一举攻下天堂的堡垒，这时，这个可怜的解说者就会惊叹地丢下手中的笔，喟然而叹，泪流满面。作为虔敬派教徒，根据他伪善的本质，他本来不得不憎恨那个诗人，因为诗人的精神完全沉浸在诸神的喜悦之中，每一句话里都呼吸着最快乐的异教信仰；他不得不憎恨他，那个生活的赞美者，他暗地里厌恶死亡的信仰，陶醉在古代英雄力量的最甜蜜的战栗中，根本不知谦恭、寡欲、沮丧这类悲伤的幸福究为何物！但是，他依然爱他，在他不知疲倦的爱中，他后来竟想把莎士比亚转向真正的教会，他在评论中给莎士比亚添进了一些基督教的思想。不管是出于善意的欺骗，还是自欺欺人，他在莎士比亚的戏剧中，到处挖掘这种基督教的思想。他的五卷本解说仿佛是一个洗礼室，他把里面的圣水全都倾洒到了这个伟大的异教徒头上。

但是，我要再说一下，这些解说并非全无智慧。有时候，弗兰茨·霍恩也会给世界一点奇思妙想；他于是便装扮出各种各样无聊的、喜忧参半的鬼脸，在思想的产床上呻吟着、扭转着、蠕动着，当他终于产下这个奇思妙想时，他便大为感动地望着脐带，像一个产妇一样疲惫地笑了。这实在是一个可气而又可笑的现象，居然是这个血枯气弱的弗兰茨评论了莎士比亚。在格拉贝的一出喜剧中，深情恰好颠倒过来：莎士比亚死后来到地狱，不得不在那里为弗兰茨·霍恩的作品写评论。

对于莎士比亚戏剧的普及化，衷心的热爱比评论家们的诠释、解说和不遗余力的颂扬，要有效得多，那些天分过人的演员正是凭着这份热爱来演出莎士比亚的戏剧，并接受全体观众评判的。利希滕贝格曾在他的《英国书信》中，为我们报道过一些意味深长的消息，谈到上世纪中叶，在伦敦舞台上人们如何出色地表现莎士比亚剧中人物。我说的是人物，而不是作品的整体性。因为直到今天这一刻，英国演员在莎士比亚那里，领悟到的只是特征，而不是诗意，更不用说是艺术了。而这种理解上的片面性，无论如何都在一种更为狭隘的程度上发生在评论家身上，他们透过蒙着灰尘的学术眼镜，永远都看不到莎士比亚戏剧中那种最简单、最原初的东西，即自然。相较于约翰逊博士，加里克更清晰地看见了莎士比亚的思想，那个博学的约翰牛在为《仲夏夜之梦》写评论时，仙后麦普一定在他的鼻子上逗乐地跳跃过，他一定不知道，为什么在莎士比亚身上，他鼻痒的感觉和打喷嚏的欲望，要比他批评过的其他诗人多。

当约翰逊博士把莎士比亚剧中的人物当作尸体解剖，以西塞罗式的英语显摆他臃肿的愚蠢，并在拉丁文长套句对仗上自命不凡地荡来晃去的时候，加里克却站在舞台上，震撼了全体英国民众。他用恐怖的咒语,使死者复生,让他们在众目睽睽之下,进行他们肮脏的、血腥的和可笑的勾当。可是,这个加里克热爱伟大的诗人,为了报偿这种热爱,他被埋葬在了威斯敏斯特大教堂,在莎士比亚雕像的柱脚旁,像一只忠诚的狗一样躺在主人的脚下。

加里克的表演被移植到德国来,应当归功于享有盛名的施罗德,他最先为德国舞台改编了莎士比亚最优秀的几部戏剧。像加里克一样,施罗德既没有领会那些戏剧中所蕴含的诗意,也没有领会其中的艺术,他只是对首先显露出来的自然投去了明智的一瞥。他没有试图重复戏剧中迷人的和谐和内在的完美,而是以对自然最片面的忠实,去复现戏剧中的个别人物。我之所以做出这个评价,不仅是因为他的表演传统——这个传统至今仍活跃在汉堡舞台上,而且也是因为他对莎士比亚戏剧的改编本身,这些改编抹去了一切诗意和艺术,仅仅通过概括最鲜明的特征,达到对主要人物的精确刻画,从而表现一种普遍的自然性。

伟大的德夫里恩特的表演,也是从这种自然性的体系中发展出来的。我在柏林曾看过他和伟大的沃尔夫同时演出,后者在他的表演中更推崇艺术的体系。尽管他们的出发点截然异趣、南辕北辙,一个以自然为最高目的,一个以艺术为最高目的,但两人却在诗中会合了,他们以完全不同的方法,震撼了观众,让他们陶然沉醉于其中。

对于莎士比亚的赞美,音乐和绘画的缪斯所做的贡献,并不如我们期望的那么多。难道是因为伟大的英国人为她们的姐妹墨尔波墨涅和塔利亚赢得了流芳百世的花冠，而让她们而心生妒忌吗？除《罗密欧与朱丽叶》和《奥瑟罗》外，就再也没有一部莎士比亚戏剧鼓舞过任何一个重要作曲家去创作伟大的作品。津加雷利的夜莺啊，从你们欢快的心中生长出来的那些花朵的奇妙声音，我已不需要去赞美；扎罗的黑天鹅啊，你歌唱苔丝德梦娜流血的温柔和她情人的黑色火焰的甜美音调，我也同样不需要去赞美。绘画同一般的图形艺术一样，对于提升我们诗人的声望，就更微不足道了。帕尔默大街上的所谓莎士比亚画廊，固然证实了英国画家的良好愿望，但同时也暴露了他们冷淡的软弱。那些只是一些充满古代法国人精神的简陋绘画，却缺少法国人在绘画上从未丢失过的风格。有一样东西，英国人对它总是可笑地不懂装懂，正如对音乐一样，那就是绘画，只有在肖像画方面，他们取得了卓越的成就。当他们不用色彩，而用刻刀处理肖像画的时候，他们就超过了欧洲其他的艺术家。英国人如此可怜地缺少色彩感，却能成为出色的版画家，能够创造出杰出的铜雕和钢雕，这一情况的原因何在呢？我这里所要介绍的、根据莎士比亚戏剧所画的妇人和少女的肖像，就证明了情况恰是如此，而这些肖像之精美自不必说。这里完全谈不上什么评论。上面的几页不过是这本可爱作品的一个粗略的序言，或一般通行的客套话。我是为你们打开画廊门锁的看门人，你们目前为止听到的只是钥匙的哗啦哗啦声。在我领你们游览时，我将不时在你们的观赏中饶舌几句；我将不时模仿那些导游人，他们从不让人沉溺于某一幅画的观赏中；他们善于说一两句平庸乏味的话，及时把你从心醉神迷中唤醒。

　　无论如何，我希望这本书会给家乡的朋友们带来一点愉快。愿他们看到这些女性美丽的容貌时，能够扫去缠绕在额头上的阴郁。唉！我无法为你们提供比这美丽的幻影更为真实的东西！我无法为你们打开通往美好现实的大门！我愿有一天能把挡住你们进入享乐花园的长戟折断……但是，手是软弱的，执戟士们笑了，用他们的长戟刺向我的胸膛；宽宏的心不是出于害怕，而是因为羞愧而沉默。你们叹息了？

悲　剧

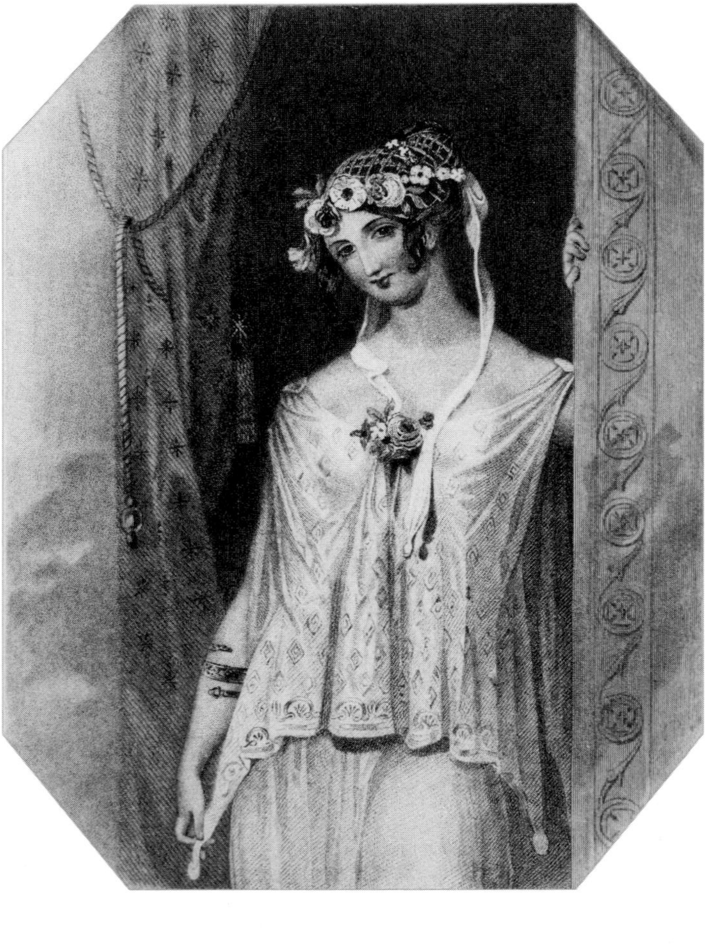

克瑞西达

《特洛伊罗斯与克瑞西达》

我这里首先要向尊敬的观众介绍的,是祭司卡尔卡斯贞洁的女儿克瑞西达。潘达洛斯是她的舅父,一个出色的拉皮条者,但是,他的牵线拉媒简直是多余的。特洛伊罗斯,普里阿摩司众多孩子中的一个,是她的第一个情人。他履行了种种仪式,对她发誓永远忠诚,而她却以相应的礼仪违背了誓约,并就女性心灵的脆弱发了一番感叹的独白,然后就倒在狄俄墨得斯怀里。窃听者忒耳西特斯总是不礼貌地直呼其名,称她作娼妇。但他有时不得不约束自己的表达,因为这个美人从一个英雄怀里转到另一个英雄怀里,档次总是越来越低,最后转到他的怀里也不是不可能发生。

我将克瑞西达的画像放在这座画廊的入口处,不是没有理由。我将她放在莎士比亚创造的众多美好的、理想的形象的最前列,不是因为她的美德,也不是因为她是普通女性的典型;不,我用这个双重性格女人的画像作为开端,是因为我如果要替莎士比亚出版全集的话，也会把《特洛伊罗斯与克瑞西达》这部作品放在所有作品的前列，斯蒂芬斯在他出版的《莎士比亚全集（豪华版）》中，也是这样做的，我不知为什么；但是，我怀疑，我现在所说的理由同那个英国出版家的不是同一个。

《特洛伊罗斯与克瑞西达》是莎士比亚唯一一部让希腊诗人戏剧中的人物充当主角的作品，于是，我们通过比较古代诗人处理同类素材的方式，可以更清楚地看清莎士比亚的方法。希腊诗人追求一种现实的最崇高的升华，不断向理想境界飞升，而我们的这位现代悲剧家则更多地进入事物的深处；他用锋利的精神之铲挖掘现象的平静表面，使深埋的根须暴露在我们面前。像古代雕塑家一样，古代悲剧家只追求美和崇高，以牺牲内容来彰显形式，莎士比亚则与此不同，他把重点放在真实和内容上。因此，他描绘性格的手法出神入化，他常常用漫画似的手法脱下英雄身上闪闪发光的盔甲，让他们穿着滑稽可笑的睡衣出场。那些根据亚里士多德从优秀的希腊戏剧中概括出的原则，来评论《特洛伊罗斯与克瑞西达》的评论家们，即使不犯最滑稽可笑的错误，也会陷入难堪的境地。他们认为，这出戏作为悲剧不够严肃和悲伤，因为所有的一切都那么自然地展开，就像发生在我们身边一样，男主人公即使不是庸俗，也是那样的愚蠢，就像我们周围的人一样，男主角是一个懦夫，女主角是个普通的裙钗，就像我们在最近的熟人中常看到的那样……甚至最响亮的名称，古代英雄的荣誉，比如伟大的阿喀琉斯，海神忒提斯的勇敢的儿子，他们在这里是多么悲惨啊！另一方面，这出戏又不能算是喜剧，因为那里面流淌着鲜血，那里面响彻着长篇的至理名言，例如俄底修斯思考权威的必要那一段，至今仍值得人们牢记。

不，一部交织着这些谈论的作品是称不上悲剧的，评论家如是说，而且他们更不可能认为，一个像体育教师马斯曼那样只懂一点点拉丁文，根本不懂希腊文的可怜虫，居然敢将著名的古代英雄写进喜剧里去！

不，《特洛伊罗斯与克瑞西达》不是普通意义上的喜剧或悲剧，这部作品不属于一种既定的创作形式，人们不能用现有的尺度来衡量它：这是莎士比亚独有的创造，我们只能承认他的杰出，如果要做出相应的评论，我们需要一个尚未问世的新美学。

如果我现在将这出戏列为悲剧，那么我要首先声明，我是多么严肃地对待这一概念。杜塞尔多夫教我诗学的一位老师曾深刻地说过："凡是充满墨尔波墨涅的忧郁叹息，而不是呼吸着塔利亚的欢乐精神的作品，均属于悲剧。"因此，当我想到要将《特洛伊罗斯与克瑞西达》列入悲剧时，或许正是记起了这个广泛的定义。事实上，这部作品中充满着一种欢乐的苦涩，一种对世界的讽刺，这是我们在喜剧女神的作品中从未遇到过的。倒不如说，在这部作品中到处可见悲剧女神，只不过她这次想要同人们开开玩笑……而且，我们仿佛看见墨尔波墨涅在淫荡的舞会上跳着恰恰舞，苍白的嘴唇发出阵阵浪笑，而心中则是死亡。

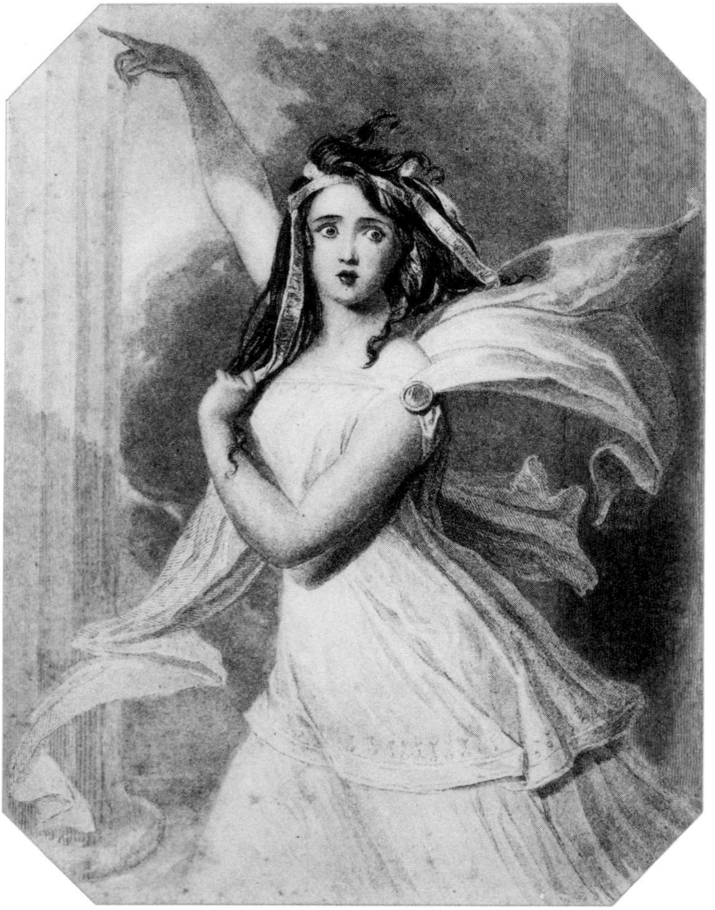

卡珊德拉

《特洛伊罗斯与克瑞西达》

我们在这儿展示的是普里阿摩司预知未来的女儿。她心中有着对未来的可怕的预知;她预言了伊里阿姆的没落,现在,当赫克托武装起来要和可怕的阿喀琉斯决一死战时,她逃走,她悲伤……她已经预见到了她亲爱的弟弟受到致命的创伤而流血不止……她逃走,她悲伤,一切都是徒劳!没有人听取她的告诫;正如这个盲目的民族不可救药一样,她也堕入了黑暗命运的深渊。

莎士比亚只为这个美丽的预言家写了一些微不足道的台词;在他那里,她只是一个普通的灾难预言者,在这个无耻的城市中奔跑、哀号:

> 她的眼睛迷惘张望,
> 她的头发披散飘扬。

正如插图所展示的那样。

我们伟大的席勒曾在他最优美的一首诗中深情地赞美过她。这里她以凄厉的哀音向启示祸福的神诉说他对他的女祭司所加诸的不幸……我自己曾在学校的一次公开考试中朗诵过这首诗,当我念到下面的诗句时,我便念不下去了:

　　当灾祸逼近的时候,
　　掀开面纱又有何用?
　　步入歧途才是生命,
　　先知先觉只是死亡。

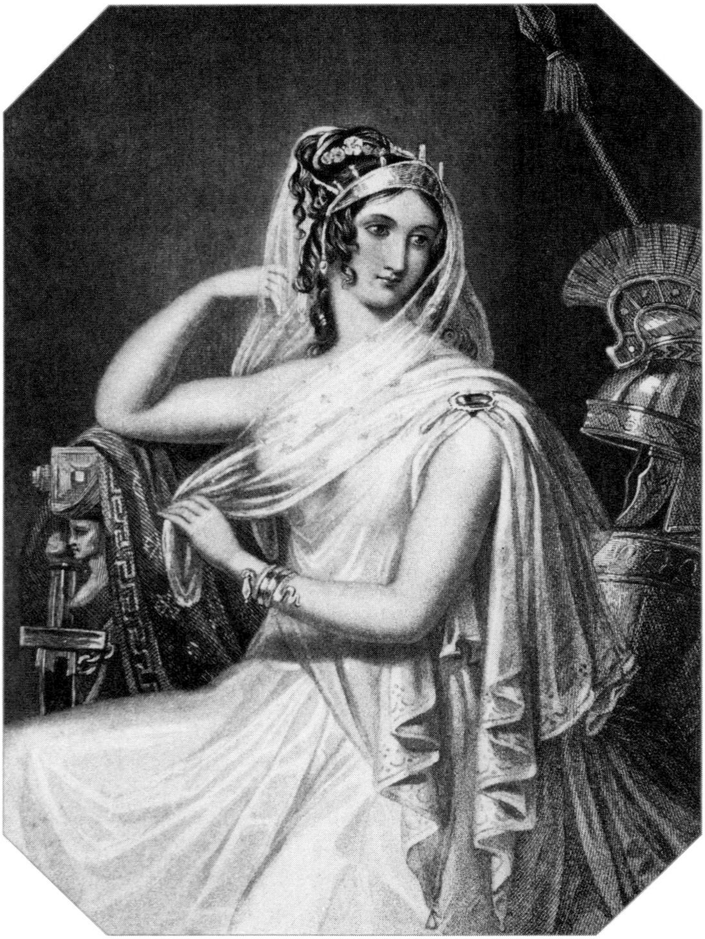

海 伦

《特洛伊罗斯与克瑞西达》

这位就是美丽的海伦,我不能将她的故事原原本本地讲给你们听,那样的话我就得从勒达的蛋开始讲起了。

她名义上的父亲叫廷达瑞俄斯,但她真正的秘密生父却是一位天神,他化身为一只鸟使她蒙福的母亲怀孕,这种事情在古代常常发生。很早她就出嫁到了斯巴达,然而由于她美貌绝伦,我们不难理解,她在那里不久就失了身,让她的丈夫、国王墨涅拉俄斯戴上了绿帽子。

女士们,你们中的哪一位觉得自己贞洁无瑕,可以向这位可怜的姐妹扔第一块石头?我的意思并不是说没有完全忠诚的女士,世上的第一位女性,著名的夏娃,不就是忠贞的典范。她跟她的丈夫,著名的亚当,当时世上唯一的男人,围着无花果叶子一块儿漫步时,没有一丝一毫越轨的杂念。她只不过喜欢跟蛇聊天,而这也只是为了学会优美的法语,就像她一直希望有教养一样。啊!你们这些夏娃的女儿们，你们的始祖给你们留下了一个好榜样……

维纳斯太太，这位不朽的极乐女神，设法为帕里斯王子赢得了美丽的海伦的芳心；他破坏了神圣的做客之道，携他娇美的猎物逃到特洛亚，那座安全的城堡……正如我们所有人在那种情况下所能做的一样，我们大家，我这里指的尤其是我们德国人，比其他民族更加博学，从小就熟读荷马的诗歌。美丽的海伦是我们最早的情人，在孩童时，我们就坐在学校的板凳上，听老师讲解优美的希腊诗歌，说那些特洛亚的老头一见到海伦就神魂颠倒……于是，在我们稚嫩的、懵懵懂懂的心灵中便有了一种甜蜜的感觉……我们脸颊通红，结结巴巴地回答老师提出的语法问题……等我们长大，学问满腹，甚至自己成了巫师，能够召神唤鬼之后，我们便要求这些顺从的精灵，为我们从斯巴达召来美丽的海伦。我曾经说过，约翰·浮士德是德国人，他是我们这个从知识而非从生活中寻找乐趣的民族的真正代表。尽管这位闻名的博士，这个标准的德国人，最终还是追求和向往感官上的享受，但他不是在现实生活的肥沃土壤中，而是在散发着腐烂味的故纸堆中寻求心灵的满足；而且，当一个法国的或意大利的巫师让梅菲斯特召来一位现代的绝色美人的时候，德国的浮士德却渴慕一个已香消玉殒一千多年的女性，那个斯巴达的海伦，只是作为美丽的幻影，从古希腊的羊皮纸卷中冲他微笑！这种渴慕多么传神地刻画出德意志民族的内在本质！

在《特洛伊罗斯与克瑞西达》这部作品中，就像对卡珊德拉，莎士比亚对美丽的海伦也同样着墨不多。我们看到她同帕里斯一道出场，还同白发苍苍的潘达洛斯打情骂俏。她把他戏弄了一番，最后要求他用苍老的颤音唱一支情歌。但是未来的阴影，一种可怕结局的预感时时袭上她那颗轻浮的心，蛇从粉红色的戏谑中，伸出它黑色的小脑袋，用几句话便泄露了她的心境：

让我们听一支爱情的歌……这爱情将把我们一起埋葬，噢，丘比特！

丘比特！丘比特！*

---

* 本书所涉及的莎士比亚原文，主要引用自朱生豪等译《莎士比亚全集》（人民文学出版社2014年10月第1版，2016年3月第2次印刷），另有注明之处除外。——编者注

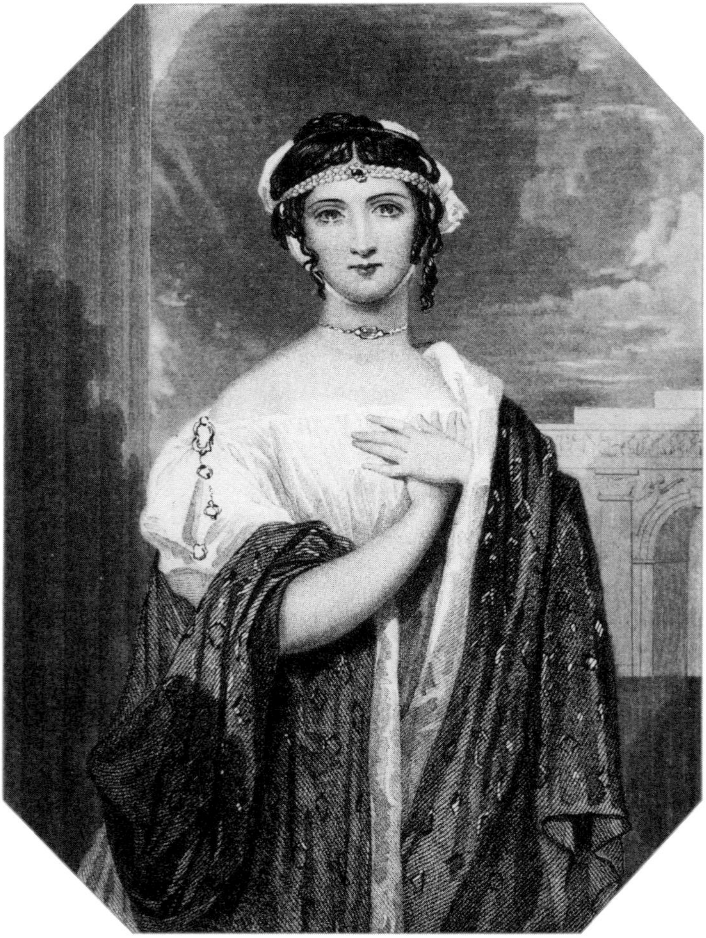

维吉利娅

《科利奥兰纳斯》

她是科利奥兰的妻子,一只胆怯的鸽子,在她骄横的丈夫面前从不敢咕叫一声。当他从战场上凯旋,万众欢呼的时候,她恭顺地垂下头来,微笑的英雄非常恰当地称她为:"我可爱的静默。"这种静默包含了她全部的性格,她静默得像一朵浅红的玫瑰,像洁白的珍珠,像渴慕的启明星,像沉醉的心……这是一种完美的、珍贵的、闪耀的静默,它胜过一切的雄辩和修辞上的繁复冗赘。她是一个羞涩温柔的女性,以她的温柔、优雅同她的婆婆形成了鲜明的对比,她的婆婆就是用她的铁乳喂养了小狼卡厄斯·马歇斯的罗马母狼伏伦妮娅。是的,后者的确是一个真正的奶姆,幼崽从她贵族的乳头里吮吸的只是野性、骄横和对人民的轻蔑。

一个英雄如何通过他早年教育所养成的美德和恶习去获取荣誉的桂冠,又是如何失去更好的公民花冠,陷入可怕的罪恶,背叛自己的祖国,而终至于身败名裂,这就是莎士比亚在名为《科利奥兰纳斯》的悲剧中向我们揭示的。

在《特洛伊罗斯与克瑞西达》这部取材于古希腊英雄时代的喜剧之后，我将转而来谈一谈《科利奥兰纳斯》，我们从中可以看到，我们的诗人多么擅长处理有关古罗马的素材。在这出戏剧中，他描写了古罗马的贵族与平民之间的党派斗争。

我不想直接断言，戏中的每一段细节描写都与罗马的编年史相吻合，但我们的诗人却深刻地理解并描绘了那些党派之争的实质。我们之所以能够恰切地评判它们，是因为在我们的时代里，仍然重演着种种在古罗马曾发生的特权贵族与卑微平民之间的可悲纷争。人们常常认为，莎士比亚是一个现代诗人，他生活在现代的伦敦，试图在罗马的面具下描写今天的托利党人和激进党人。存在于古代罗马人和现代英国人，以及两个民族政治人物之间的巨大相似性，进一步加深了我们的这一看法。事实上，在现代英国人和古代罗马人身上，同样都存在着某种缺乏诗意的严酷、贪婪、残暴、坚韧、执拗等品质，只不过后者是旱老鼠，而前者是水老鼠罢了，在令人厌恶这一点上，两者可谓不分伯仲。在这两个民族的贵族身上，可以发现一种十分醒目的亲和力。英国贵族和昔日的罗马贵族一样，都富于爱国心，对祖国的热爱，使他们不顾政治上的权力差别，与平民结成了最亲密的同盟。而这种和衷共济的关系，就像以前的罗马一样，使英国贵族与民主主义者，构成了一个完整的、统一的民族。在其他的国家却不是这种情况，贵族较少依附于土地，而是依附于王侯个人，或者甚至完全屈从于本阶层的特殊利益。此外，我们还看到，同以前的罗马贵族一样，英国贵族也把对权力的追求，视为最高尚、最荣耀的事情，由此也可以间接获利。我所说的"间接获利"，正如同以前在罗马，在现在的英国，高官显贵们也只是通过滥用权力和传统的敲诈勒索手段，而间接获取利益的。同以前的罗马如出一辙，在英国的名门世家中，成为官吏也是青年教育的目标；无论对于罗马人，还是对于英国人，骁勇善战和能言善辩，都是未来获取权力的最佳手段。在英国正如在罗马一样，统治和行政管理的传统都是贵族的世袭遗产。因此，英国的托利党人之长久存在，并长久地掌握权力，正如罗马的元老世家。

今天的英国状况，同《科利奥兰纳斯》中所描写的那个选举场面，可以说是再相似不过了。英国的托利党人怀着强忍的怒气和轻蔑的嘲讽，向善良的市民们乞求选票，而他们却从心底里鄙视这些选民，但为了当上执政官，又不能缺少他们的选票！只是大多数的英国贵族，不是在战场上，而是在狩猎中流血受伤，而且他们也从他们的母亲那里更好地学会了伪装术，因此，在今天的议会选举中，他们不会像古板的科利奥兰那样，将自己怒气和嘲讽形之于色。

在这部作品中，莎士比亚也是一以贯之地坚持了他的无党无偏。一方面，贵族有权轻蔑他的选民，因为他认为，自己作战勇敢，而勇敢正是罗马人的最高德行。另一方面，下层选民，即人民，同样也有权无视这种德行而反抗贵族；因为贵族明确地宣称过，他一旦成为执政官，就要废除面包分配制。"但面包却是人民最基本的权利。"

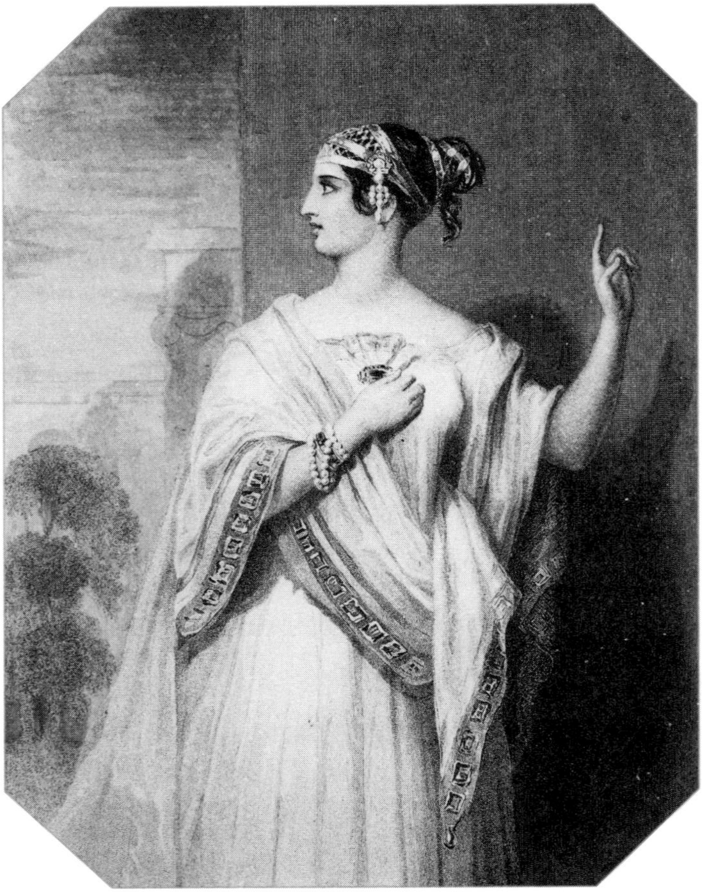

鲍西娅

《裘力斯·凯撒》

凯撒深得民心的主要原因，在于他对待人民的宽宏大度和慷慨好施。人民把他视为在他的后继者——皇帝——统治下能过上更好日子的奠基者；因为这些皇帝给了人民最初的权利，即给予他们每日的面包。我们愿意宽恕皇帝对成百上千贵族世家的血腥专制，以及对他们特权的嘲弄。我们怀着感激的心情，把他们视为贵族统治的摧毁者，因为这种统治报偿人民辛苦劳作的，只是可怜的酬劳。我们称颂他们为人间的救世主，因为他们贬低最高者，抬高卑贱者，实现了一种公民的平等。尽管那个旧时代的卫道士，贵族塔西佗用他饱蘸诗意的毒汁，来描写凯撒们的败德和暴行，但我们却看到他们更优良的品质：他们喂养了人民。

正是凯撒导致了罗马贵族的衰落，并为民主的胜利铺平了道路。然而，一些旧贵族们仍然对共和主义的精神念念不忘，他们还不能忍受一个独一无二者的最高统治，如果有一个独一无二者把他的头凌驾于他们之上，哪怕是裘力斯·凯撒的高贵的头，他们就将无法生存。于是，他们磨快匕首，将他杀死。

民主和王权并非不共戴天，如我们今天所错误地认为的那样。最好的民主始终是这样的一种民主，一个独一无二者作为人民意志的化身，居于国家的最高地位，就像上帝居于世界统治的最高地位一样。正如在上帝威严的统治之下，在那个独一无二者，即人民意志化身的统治之下，最真实的民主将如花朵一般盛开。同样，贵族主义和共和主义也不是相互敌对的，这一点十分清晰地表现在《裘力斯·凯撒》中。在这里，共和主义精神以其最鲜明的特征，恰恰体现在最傲慢的贵族身上。相较于勃鲁托斯，我们可以在凯歇斯身上，更多地看到这些特征。我们早已说过，共和主义精神存在于某种心胸狭隘的猜忌中，这种猜忌不容忍任何高于自己的东西；它也存在于某种侏儒式的妒忌中，这种妒忌厌恶一切出类拔萃的东西，甚至不愿看到美德体现于一个人身上，唯恐这个美德的体现者扩展他更崇高的人格。因此，今天的共和主义者都是一些知足常乐的自然神论者，他们喜欢把人类看成是出自造物主之手的可怜巴巴的、千人一面的泥人，毫无荣华富贵和功名利禄之心。英国共和主义者曾信奉过一种类似的原则，即清教主义，而这一原则也同样适合于古罗马的共和主义者：他们是斯多葛主义者。如果我们注意到这一点，就一定会惊叹，莎士比亚对凯撒的描绘，是多么地入木三分啊！特别在他和勃鲁托斯的一段谈话中，那是他正听到那些要推举凯撒为王的人民在向凯撒欢呼：

我不知道，您和其他的人对于这一个人生抱有怎样的观念，可是拿我个人而论，假如要我为了自己而担惊受怕，那我还是不要活着的好。我生下来就跟凯撒同样的自由；您也一样。我们都跟他同样地享受过，同样地能够忍耐冬天的寒冷。记得有一次，在一个狂风暴雨的夜里，台伯河里的怒浪正冲击着它的堤岸，凯撒对我说："凯歇斯，你现在敢不敢跟我跳下这汹涌的波涛里，泅到对面去？"我一听见他的话，就穿着随身的衣服跳了下去，叫他跟着我；他也跳了下去。那时候滚滚的急流迎面而来，我们用壮健的膂力拼命抵抗，用顽强的心破浪前进；可是我们还没有到预定的目标，凯撒就叫了起来："救救我！凯歇斯，我要沉下去了！"正像我们的祖先埃涅阿斯从特洛亚的烈焰之中把年老的安喀西斯肩负而出一样，我把力竭的凯撒负出了台伯河的怒浪。这个人现在变成了一尊天神，凯歇斯却是一个倒霉的家伙，要是凯撒偶然向他点一点头，也必须俯下他的身子。他在西班牙的时候，曾经害过一次热病，我看见那热病在他身上发作，他的浑身都战抖起来。是的，这位天神也会战抖，他的怯懦的嘴唇失去了血色，那使全世界惊悚的眼睛也没有了光彩；我听见他的呻吟；是的，他那使罗马人耸耳而听、使他们把他的话记载在书册上的舌头，唉！却吐出了这样的呼声，"给我一些水喝，泰提涅斯"，就像一个害病的女儿。神啊，像这样一个心神软弱的人,却会征服这个伟大的世界,独占胜利的光荣,真是我再也想不到的事。

凯撒非常了解他的手下,他在和安东尼的一次交谈中,说出了这样一番意味深长的话:

> 我要那些身体长得胖胖的、头发梳得光光的、夜里睡得好好的人在我左右;那个凯歇斯有一张消瘦憔悴的脸;他用心思太多;这种人是危险的……我希望他再胖一点!可是我不怕他;不过要是我的名字可以和恐惧连在一起的话,我不知道还有谁比那个瘦瘦的凯歇斯更应避得远远的了,他读过许多书;他的眼光很厉害,能够窥测他人的行动;他不像你,安东尼,那样喜欢游戏;他从来不听音乐;他不大露笑容,笑起来的时候,那神气之间,好像在讥笑他自己竟会被一些琐屑的事情所引笑。像他这种人,要是看见有人高过他们,心里就会觉得不舒服,所以他们是很危险的。

凯歇斯是个共和主义者,正如我们经常在这类人身上看到的,他更渴望高贵的男性友谊,而不是温柔的女性之爱。勃鲁托斯则相反,他为共和国献身,不是因为他天生是一个共和主义者,而是因为他是一个道德英雄,他把为共和国献身,视为一项至高无上的使命和义务。他多愁善感，对妻子鲍西娅百般温柔。

鲍西娅，伽图的女儿，地道的罗马人，非常可爱，即使在她英雄主义的激情昂扬中，她也不乏女性的温柔与细腻。她以不安和爱恋的目光，不断注视着掠过她丈夫额头的透露出他内心忧郁的每道阴影。她想知道，他为什么痛苦，她要分担压在她丈夫内心的秘密的重负……当她终于意识到，她毕竟是个女人，承受不了可怕的忧虑时，她便不再隐瞒，只好承认：

> 我有男人的气概，却只有女人的软弱。让一个女人猜透一个秘密是多么地困难！

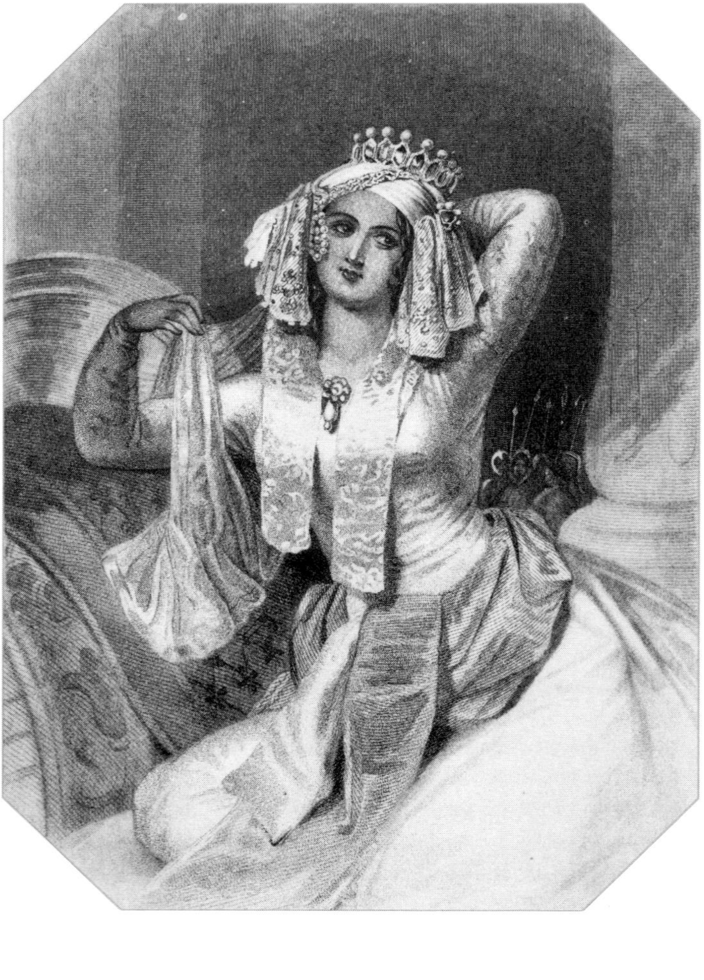

克莉奥佩特拉

《安东尼与克莉奥佩特拉》

是的,她就是使安东尼身败名裂的著名的埃及女王。

他完全知道,他会因这个女人而堕落,他想摆脱她魔力的枷锁……

我必须赶快离开这儿。

他逃走了……只是为了更快地回到埃及的肉锅旁,回到他古老的尼罗河畔的花蛇身边,他这样来称呼她……不久,他又和她一起翻滚在亚历山大豪华的泥潭中了,在那里,奥克泰维斯叙述说:

在市场上筑起了一座白银铺地的高坛,上面设着两个黄金的宝座,克莉奥佩特拉跟他两人公然升座;我的义父的儿子,他们替他取名为凯撒里昂的,还有他们两人通奸所生的一群儿女，都列坐在他们的脚下；于是他宣布以克莉奥佩特拉为埃及帝国的女皇，全权统辖叙利亚、塞浦路斯和吕底亚各处领土。

……

就在公共聚集的场所，他们表演了这一幕把戏。他当场又把主号分封他的诸子：米太、帕提亚、亚美尼亚，他都给了亚历山大；叙利亚、西利西亚、腓尼基，他给了托勒密。那天她打扮成爱诺斯女神的样子；据说她以前接见群臣的时候，常常是这样装束的。

埃及的妖妇不仅俘获了他的心，而且还控制了他的头脑，甚至让他的统帅才能陷入混乱。他不是在他战无不胜的陆上，而是在毫无把握的海上作战，在那里他的勇敢无所施展；——这乖张的女人原本要随他一起出战，但就在战争千钧一发之时，她却突然带着她所有的船只溜之大吉；而安东尼……"像一只发情的公鸭"，张开船帆，也跟着她逃掉了，而将荣誉和幸福置之不顾。但是，不幸的英雄之所以遭到最可耻的失败，不仅仅是因为克莉奥佩特拉的女人脾气，而是后来对他的最阴险的背叛，她和奥克泰维斯秘密勾结，让她的舰队投向了敌人……她以最卑劣的方式欺骗了他，以便在他落难时保住她自己的财产，或者获取一些更大的利益……她用诡计和谎言，将他推入绝望和死亡……然而，他到最后一刻，还在全心全意地爱着她。是的，在她的每一次背叛之后，他的爱情之火都燃烧得更加猛烈。当然,他也咒骂她的每一次花招,他了解她的一切缺点,而在最粗野的骂声中,他也道出了他的真知灼见,对她说出了最苦涩的真理:

在我没有认识你之前,你已经是一朵半谢的残花了;嘿!罗马的衾枕不曾留住了我,多少的名媛淑女我都不曾放在眼里,我不曾生下半个合法的儿女,难道结果反倒被一个向奴才们卖弄风情的女人欺骗了吗?

……

你一向就是一个水性杨花的人;可是,不幸啊!当我们沉溺在我们的罪恶中间的时候,聪明的天神就封住了我们的眼睛,把我们明白的理智丢弃在我们自己的污泥里,使我们崇拜我们的错误,看着我们一步步陷入迷途而暗笑。

……

当我遇见你的时候,你是已故的凯撒吃剩下来的残羹冷炙;你也曾做过克尼厄斯·庞贝口中的禁脔;此外不曾流传在世俗口碑上的,还不知道有多少更荒淫无耻的经历;我相信,你虽然能够猜到贞节应该是怎样一种东西,可是你不知道它究竟是什么。

但是,就像阿喀琉斯的枪矛能够治愈它所刺伤的伤口一样,爱人的嘴唇也能用他的吻抚慰被爱者为尖言厉语所刺痛的心灵……每当古老的尼罗河畔的蛇对罗马的狼玩耍了一次卑鄙的手段之后，每当罗马的狼为此而嚎叫出一顿臭骂之后，它们两个的舌头就互相舔得更加温柔；在临死之时，他还在她的唇上留下了无数吻中的最后一吻。

而她，这个埃及的蛇，也是多么爱她的罗马狼啊！她的背叛只是她的蛇性的外在表现，更多是出于天生的或后天的恶习……但在她的内心深处，却潜藏着对安东尼至死不渝的爱，她自己不知道，这种爱是如此强烈，有时她认为，她能够控制这种爱，甚至将它玩于股掌之上。但是，她错了，直到这一刻，当她永远失去所爱的人时，她才清醒地意识到她的错误，于是她的痛苦化为了庄严的词句：

> 我梦见有一个安东尼皇帝；啊！但愿我再有这样一次睡眠，让我再看见这样一个人。
>
> ……
>
> 他的脸就像青天一样，上面有两轮循环运转的日月，照耀着这一个小小的圆球。
>
> ……
>
> 他的两足横跨海洋；他高举的臂膀罩临大地；他在对朋友说话时，声音犹如谐和的天乐，可是当他发怒的时候，就会像雷霆一样震撼整个宇宙。他的慷慨是没有冬天的，那是一个丰收不尽的丰年；他的欢愉犹如大鲸泳浮于碧海之中，戴着王冠宝冕的君主在他的左右追随服役，国土和

岛屿是一枚枚从他衣袋里掉下来的金钱。

这个克莉奥佩特拉是一个女人。她爱着，同时又背叛着。认为女人一旦背叛我们，也就不再爱我们了，那是一个错误。她们只服从自己的天性。即便她们不想饮尽那禁饮的圣餐杯，她们有时也会稍稍呷一点，舔一舔杯口，至少可以品尝一下毒药的滋味。除了莎士比亚的这部悲剧，对于这一尤物，还没有人像我们的老神甫普列沃在他的小说《玛侬·德·列斯珂》中那样，做过如此惟妙惟肖的描写。在这里，最伟大诗人的直觉与最冷静散文家的客观观察，可谓相映成趣。

是的，这个克莉奥佩特拉是一个女人，在这个词最可爱又最可恨的意义上！她让我想起了莱辛的那句名言：上帝创造女人，用的是太软的黏土。它的材料过于柔软，很难适应人生的需要。因此，这种造物对于这个世界来说，既太好又太坏。在这里，最可爱的优点会成为最可恨的缺点。莎士比亚在克莉奥佩特拉一出场时，就以出神入化的逼真笔调，描写了她变化多端的情绪，这种情绪在美丽女王的脑海中翻腾着，不时在最微妙的疑问和欲望中喷涌出来，或许这正是她为所欲为的根本原因吧。最富于特色的，莫过于第一幕第五场，她要求侍女给她喝曼陀罗酒，以消磨安东尼离去的日子。接着，她鬼使神差地喊来了太监玛狄恩。玛狄恩恭顺地询问女主人有何吩咐。"我不想听你唱歌，"她回答，"因为一个太监所能做的任何事，现在都不能使我开怀——只能告诉我，你可感到情欲？"

玛狄恩：有的，娘娘。

克莉奥佩特拉：当真？

玛狄恩：当真不了的，娘娘，因为我干不来那些伤风败俗的事；可是我也有强烈的爱情，我常常想起维纳斯和马斯所干的事。

克莉奥佩特拉：啊，查米恩！你想他现在是在什么地方？他是站着还是坐着？他在走吗？还是骑在马上？幸运的马啊，你能够把安东尼驮在你的身上！出力啊，马儿，你知道谁骑着你吗？他是撑持着半个世界的巨人，全人类的勇武的干城哩。他现在在说话了，也许他在低声微语，"我那古老的尼罗河畔的花蛇呢？"因为他是这样称呼我的。

假如我能够和盘托出我的见解，而不害怕诽谤的讥笑，我必须坦诚地说：克莉奥佩特拉这种光怪陆离的思想感情，造成的是一种无序、闲散而又纷扰不安的生活，这使我想到了某一类挥霍成性的女人，她们在婚外生活中，慷慨大方，一掷千金，忠爱她们的姘夫，其中当然也不乏纯粹的爱情，但她们总是用乖张任性来让她们名义上的丈夫痛苦并快乐着。如果有什么根本不同的话，这个克莉奥佩特拉，从不动用埃及王室的收入，来满足她闻所未闻的奢侈，她倒是接受了安东尼，她的罗马的赡养人从各省搜刮来的大量贡品，说到底，她就是一个被赡养的人。

在克莉奥佩特拉的兴奋、不安、极度混乱而又沉闷压抑的精神中，闪现着一种野性的、硫黄色的诙谐，与其说它使人愉悦，不如说它使人害怕。普鲁塔克给这种诙谐提供过一个概念，说它更多表现在行为中，而不是言辞中。在学校上学时，我就尽情地嘲笑过受骗的安东尼，说他同他的女王情人一起出去钓鱼，但他的鱼钩上钓起的总是咸鱼，因为狡猾的埃及女人暗中派了大批潜水员，他们藏在水下，每一次都给热恋中的罗马人在鱼钩上挂上一条咸鱼。不过，我们的老师在谈到这个故事时，却是一脸严肃，他狠狠地谴责了女王的恶作剧，说她为了这个恶作剧，竟拿她的臣民，那些可怜的潜水员的生命开玩笑。我们的老师压根儿就不喜欢克莉奥佩特拉，他强调指出，安东尼为了这个女人而葬送了他的整个政治生涯，被卷进家庭风波，最后陷入了灾祸。

的确，我们的老师言之有理，同克莉奥佩特拉这样的女人发生亲密关系，是极其危险的。一个英雄可能就此而身败名裂，但也只有英雄才会如此。至于可爱的凡夫俗子们则无论怎样也不会有这样的危险。

像她的性格一样，克莉奥佩特拉的地位也是十分滑稽的。这个乖戾的、淫欲的、反复无常的、卖弄风情的女人，这个谷底的巴黎女人，这个生活中的女神，蒙骗并统治埃及，那个沉默寡言的、僵硬的死者王国。你们大概知道它，那个埃及，那个神秘的米茨拉伊姆，那个看上去像石棺一样的尼罗河峡谷……在高高的芦苇中间，鳄鱼或圣经中弃婴在哭泣……有着粗大支柱的石庙，柱上刻着神圣的兽脸，五颜六色，丑陋不堪……在大门口，戴着写满象形文字小帽的埃西派祭司频频点头……在华丽的别墅中，木乃伊在午睡，镀金的面具保护他们不为逐臭的蝇群所骚扰……那里耸立着细长的方尖石碑和笨拙的金字塔，犹如沉默的思想……在背景中可以望见埃塞俄比亚的月亮山，掩映着尼罗河源头……到处是死亡、石头和奥秘……美丽的克莉奥佩特拉作为女王统治着这片土地。

　　上帝是多么的风趣啊！

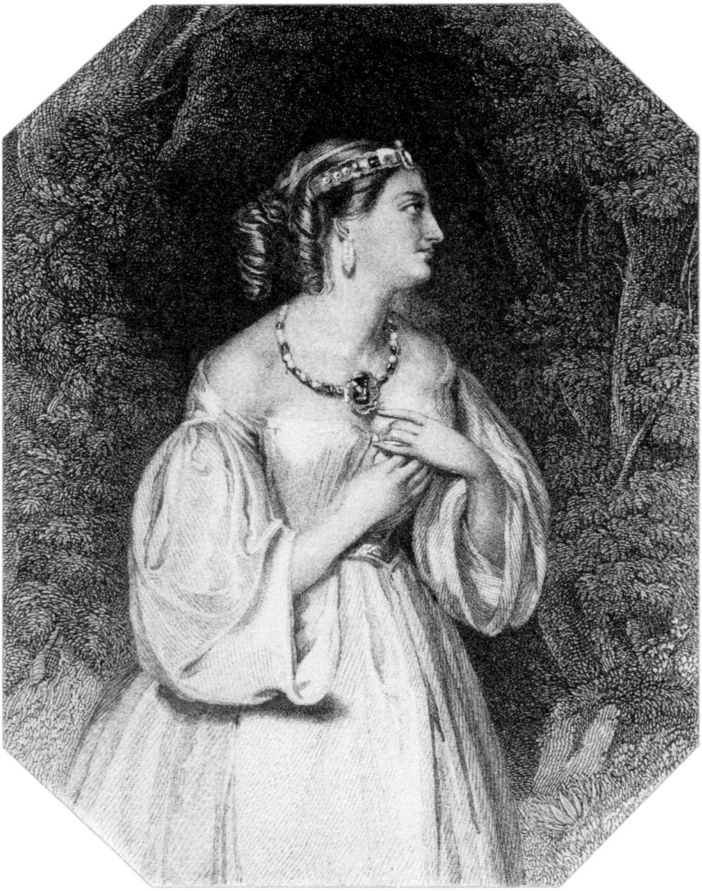

拉维妮娅

《泰特斯·安德洛尼克斯》

在《裘力斯·凯撒》中，我们看到共和主义精神的最后挣扎，它无力反抗君主政体的兴起；共和政体已经过时了，勃鲁托斯和凯歇斯只能杀死那个首先摘取王冠的人，却无法杀死已深植于时代需要之中的王权。在《安东尼与克莉奥佩特拉》中，我们看到，不是殒落的凯撒，而是另外三个凯撒在大胆地夺取世界的统治权；在原则问题解决之后，三执政之间爆发的斗争，只是一个人选问题：谁来做皇帝？谁来统治人民和国家？《泰特斯·安德洛尼克斯》这出悲剧告诉我们的是：即使罗马帝国的绝对专制也逃脱不了世间万物的普遍规律，必然走向衰亡。没有什么比后来的那些凯撒们更令人厌恶的了，他们除了具备尼禄们和卡里古拉们的疯狂和暴虐外，还要加上弱不禁风的脆弱。之前的尼禄们和卡里古拉们，飘飘然坐在他们全能的高位上，自以为在一切人之上，成为毫无人性的人；他们自视为神，却寡廉鲜耻，作恶多端；他们的残忍不仁，骇人听闻，实在无法以理性的尺度来衡量。而后来的凯撒们，却更多是我们怜悯、不满和厌恶的对象，他们缺乏异教的自我崇拜精神，缺乏对他们的无上威严和恐怖的恣意妄行的一种兴奋感……他们做基督教式的忏悔，聆听卑鄙的神甫对他们良心的规劝。他们现在认为，他们不过是些可怜虫，依赖于更高上帝的恩典，他们总有一天会因为尘世的罪恶而在地狱里受煎熬。

在《泰特斯·安德洛尼克斯》中，虽然异教精神的表面繁华仍到处可见，但基督教后期的特征已经显露出来，所有风俗习惯和市民生活中的道德败坏，已全然是拜占庭式的。这出戏显然是莎士比亚最早的作品，尽管一些评论家对它的作者问题仍争论纷纭。在戏中，处处可以看到一种无情的残忍，一种对丑恶的极端偏爱，以及泰坦与神权的斗争，而这一切，我们都可以在这个最伟大诗人的早期作品中找到。主人公与他的民主环境格格不入，他是一个地道的罗马人，是僵死的旧时代的一具残骸。那时是否还存在这样一类人呢？这是可能的，因为在一切消亡或变形的生物中，大自然喜欢将其中的某一个标本保留下来，哪怕它们已经变成了化石，如我们通常在高山上所发现的那样。泰特斯·安德洛尼克斯就是这样一个石化的罗马人，而他那化石一样的德行，正是后期凯撒时代的一件真正的古董。

他的女儿拉维妮娅所受到的侮辱和伤害，是我们在所有作品中所能见到的最恐怖的场景之一。奥维德《变形记》中的菲罗玛拉的故事，远没有如此令人毛骨悚然。这个不幸的罗马女人，主谋者为了不让她泄露其残暴的行径,而砍断了她的双手。正如她的父亲通过刚烈的男性气概,她也通过她崇高的女性尊严,使我们想起了昔日更美好的道德时代。她宁为玉碎,也不愿意名声受辱,当塔摩拉皇后的儿子试图玷污她的肉体时,她向皇后祈求慈悲的言辞是多么的高洁而动人:

> 我要求立刻就死;我还要求一件女人的羞耻使我不能出口的事。啊!不要让我在他们手里遭受比死还难堪的玷辱,请把我丢在一个污秽的地窖里,永远不要让人们的眼睛看见我的身体;做一个慈悲的杀人犯,答应我这一个要求吧!

正是在这一处女般的纯洁中,拉维妮娅与上述的塔摩拉皇后形成了鲜明的对照。在这出戏里,如同他的大多数戏剧,莎士比亚将两个心地完全不同的女性放在一起,通过对照向我们展示出她们的性格。在《安东尼与克莉奥佩特拉》中,我们就已经看见,那个黄肤色的、放纵的、虚荣的、热烈的埃及女人,在白肤色的、冷静的、本分的、平淡的、善于持家的奥克泰维娅的衬托下,性格更加显明突出。

塔摩拉也是一个优美的形象,但在眼下的这个莎士比亚的女性画廊里,英国的雕刻刀并没有将她的形象刻画出来,在我看来,这是不公平的。她是一个美丽庄严的女性,一个傲慢而富于魅力的人物，她的额头上有堕落神性的痕迹，她的眼睛里充满一种毁灭世界的淫欲，邪恶而华美，渴望鲜红的血。我们诗人的眼光一向远大而宽容，在塔摩拉出场的第一幕里，他就已经预先宣告，她后来对泰特斯·安德洛尼克斯施加的一切暴行，都是可赦免的。因为这个刚烈的罗马人，对她作为母亲的苦苦乞求无动于衷，竟当着她的面把她亲爱的儿子给处死了。而现在，当她从年轻皇帝的恩宠中，看到未来复仇的一线希望时，她脱口而说出了那句略带阴郁而高兴的话：

  我要叫他们抵偿我的爱子的性命，使他们知道让一个皇后当街长跪，哀求他们俯赐予矜怜而无动于衷，会有什么报应。

正如她的暴行由于她极度的痛苦而得到赦免一样，她对丑陋的摩尔人所表现的那种娼妓般的放荡，通过剧中的所表达的浪漫诗意，也在某种程度上得到了升华。的确，塔摩拉皇后狩猎时，离开侍从，在树林里和她心爱的摩尔人单独幽会的那一场戏，可以说，是浪漫主义诗歌中极富魅力的一幅画面：

  我的可爱的艾伦，万物都在夸耀着它们的欢乐，你为什么郁郁不快呢？小鸟在每一株树上吟唱歌曲，花蛇卷起了身体安眠在温和的阳光下；青青的树叶因凉风吹过而颤动，在地上织成了纵横交错的影子。在这清静的树影下，艾伦，让我们坐下来；当饶舌的回声仿效着猎犬的狂噪，向和鸣的号角发出尖锐的答响，仿佛有两场狩猎在进行的时候，让我们坐下来，倾听他们嘶叫的声音，正像狄多和她流浪的王子受到暴风雨的袭击，躲避在一座秘密的山洞里一样，我们也可以彼此拥抱在各人的怀里，在我们的游戏完毕以后，一同进入甜蜜的梦乡。猎犬、号角和婉转清吟的小鸟，合成一阕催眠曲，抚着我们安然睡去。

美丽皇后的眼里迸发出欲火，像迷人的光辉，像升腾着的熊熊火焰，扑向摩尔人黑色的身躯，这时，摩尔人想的却是更重要的事情，即如何实施他最卑鄙的阴谋，他的回答与塔摩拉的问话形成了极鲜明的对照。

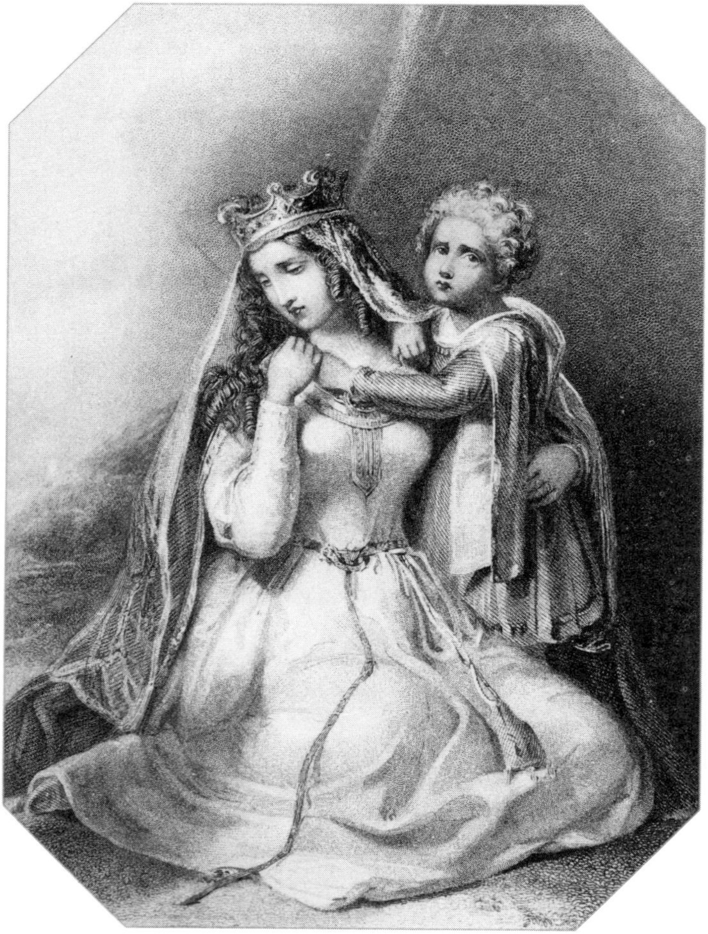

康斯坦丝

《约翰王》

1827年8月29日,我在柏林剧院看爱·劳帕赫先生的悲剧新作的首演,看着看着,就渐渐入睡了。

在此,我必须说明,对于平素不进剧院,而只阅读纯文学的那些有教养的公众,大名鼎鼎的爱·劳帕赫先生,是一个非常有用的人,他每个月都向柏林舞台提供一部新作。柏林舞台是个绝妙的胜地,尤其对那些想从沉重的脑力劳动中摆脱出来而在晚上休息一下的黑格尔派哲学家来说,真是大有用处,这儿要比在维索茨基那儿,更能使精神得到颐养。走进剧院,懒散地躺在天鹅绒的座椅上,用望远镜窥视邻座女人的眼睛,或者刚登台的女演员的大腿,如果演员在舞台上根本不大声喊叫的话,观众就会慢慢进入梦乡,1827年8月29日那天,我就是这样的。

我醒来的时候,周围一片黑暗,借着一盏微弱的灯光,我才发现,空荡荡的剧场里只剩下我一个人了,我决定在那里过夜,试着重新入睡，却发现怎么也睡不香了，而就在前几个小时，当劳帕赫诗句中的罂粟香气飘进我鼻子里时，我睡得是多么甜香。此外，老鼠的絮语和闲谈也把我搅扰得不得安宁。离乐池不远的地方，整个是老鼠们的殖民地，吱吱喳喳，闹作一团。因为我不仅懂劳帕赫的诗句，而且还懂所有其他动物的语言，于是，我不由自主地开始偷听那些老鼠们的交谈。它们所谈论的是思想家们最感兴趣的话题，诸如一切现象的最终原因，事物自身的本质，意志的天命和自由；当然，也谈论到刚刚在它们眼前惊心动魄开场、发展和结束的劳帕赫的伟大悲剧。

"你们这些小家伙，"一只年迈的老鼠慢条斯理地说，"你们只不过看了一出或几出这样的戏，我可是老了，经历过不知多少，并且仔仔细细地考察过它们。我发现，它们在本质上都差不离，都是同一个主题的变奏，有时完全是同样的结构、同样的情节和同样的结局。永远是同样的人物和同样的激情，仅仅是变一变服装和台词而已。永远是同样的行为动机，不是爱情，就是仇恨，不是野心，就是妒忌，主人公穿的不是罗马长袍，就是古德意志的盔甲，戴的不是头巾，就是毡帽，举止风度不是古代的，就是浪漫主义的，不是简朴的，就是花哨的，念台词用的不是蹩脚的抑扬格，就是更蹩脚的扬抑格。人们安排在不同戏剧、不同场次中的全部人类故事，其实是同一个故事，只不过是同样的本性和事件换了面具的重复，是一个周而复始的循环。人们一旦看穿了这一点，就不会再对恶那样恼火，也不会再对善欢天喜地了，人们嘲笑那些为人类的尊严和幸福而牺牲的英雄的愚蠢，以明智的泰然处之而自得其乐。"

有一只小老鼠在一旁哧哧发笑，急忙插嘴道："我也对此观察过，不只是从一个角度。我不辞劳苦，离开正厅，去观察幕后的事情，在那儿我获得了惊讶的发现。你们刚刚赞赏的那位英雄，其实就根本不是什么英雄，我看见一个小伙子骂他是酒鬼，并对他拳打脚踢，而他一声不吭，只管躲藏。那位似乎为道德牺牲的公主，既不是什么公主，也非品行高尚，我看见她从一个小瓷罐里取出一些红色的油彩，往脸上涂抹，把这当成羞赧；最后她甚至打着哈欠倒在一个近卫军上尉的怀里，他以名誉担保，她可以在他的房间里得到一盘日德兰半岛产的鲱鱼色拉和一杯混合甜酒。你们听见的雷鸣，看到的电闪，不过是几块白铁皮的抖动和几两透明松香的燃烧。就连那个胖胖的，看上去毫无私心的慷慨大方的正直市民，也为了钱和那个叫剧务总管的瘦子争来吵去，想从他那儿多得几个塔勒的津贴。我发誓，这一切都是我亲眼所见，亲耳所闻。舞台上表演给我们看的一切伟大和崇高，都是虚伪和欺骗，自私自利才是一切行为的隐秘动机，一个明智的人才不会为假象所欺骗。"

这时听到一个呜咽的声音起来表示反对。尽管我听不出是公老鼠，还是母老鼠，但这个声音，我似乎非常熟悉。它一上来就劈头盖脸悲叹世风日下，抱怨无信仰和怀疑，大力宣扬它的泛爱。"我爱你们，"它叹息道，"我告诉你们真理。这真理是上天在一个神圣的时刻通过恩典启示我的。我本来四处潜行，想揭开在这个舞台上所发生的形形色色现象的最终原因，同时还想弄到一小片面包，来填饱我的饥肠，因为我是爱你们的。我突然发现了一个相当空旷的洞穴，或者不如说是一只箱子，里面盘腿坐着一个干瘦的白发小老头，他手里拿着一卷纸，以单调的、低微的声音，平静地自言自语着刚才舞台上朗诵的那些高亢而充满激情的台词。一种神秘的恐惧穿透了我的毛皮。尽管我很微小，但我却获此天恩，见到神圣的上天，我终于接近了那神秘的、最终的本质，纯粹的精神。这种精神以它的意志统治着物质世界，以它的话语创造了这个世界，用语言促进它，同时又毁灭它。我看到，我刚才那么赞赏的舞台上的英雄们，说出的台词只是在忠实地重复他的话。相反，如果他们自作聪明不听他说的话，那就必然是语不成句，吞吞吐吐。我看到，所有的一切都是他的创造，他是那只最神圣的箱子里唯一的独立者。他的箱子的每一角都亮着神秘的灯光，响着提琴声和笛声，他的周围环绕着光和音乐，他游弋在和谐的光辉和光辉的和谐中……"

它说话的声音越来越低沉，到最后近乎呜咽，我几乎听不清楚了，只有片言只语："保佑我不要碰到猫和捕鼠器吧，——每天赐予我些面包屑吧——我爱你，——永远，——阿门！"

通过这场梦境，我想说明我对人们常用来评论世界历史的几种哲学观点的看法，以及我不在这篇轻松的短文中谈论真正的英国历史哲学的原因。

在这里，我根本不想一般地解释莎士比亚那些为英国历史上的重大事件增光的剧作，只想以文字修饰一下那些在他的剧作中盛开的女性图像。因为在这些英国历史剧中，诗人从不让她们作为主角出现，也不像在其他剧本中那样，以她们来刻画女性的形象和性格，她们的出现，更多的是因为所描绘的历史要求她们参与其中，因此，我就更不愿多谈她们了。

　　首先要提到的是康斯坦丝，而且是那个痛苦万分的康斯坦丝。她像伤心的圣母一样，将她的孩子抱在手臂上……这个可怜的孩子，将为她亲人的一切罪恶而受惩罚。

　　在柏林舞台，我曾看见已故的施蒂希夫人将这位悲伤不已的皇后扮演得十分成功。法军入侵时，那位在法兰西皇家剧场扮演康斯坦丝的玛丽亚·路易莎就逊色多了。所有演员中，把这一角色演得最糟的，要数一位卡洛琳夫人，她前几年还在外省，尤其是旺代巡回演出；她所缺的不是天分和激情，只是她有一个肥大的肚子，当她扮演一个英雄式的寡居王后时，对角色总是会有些损害的。

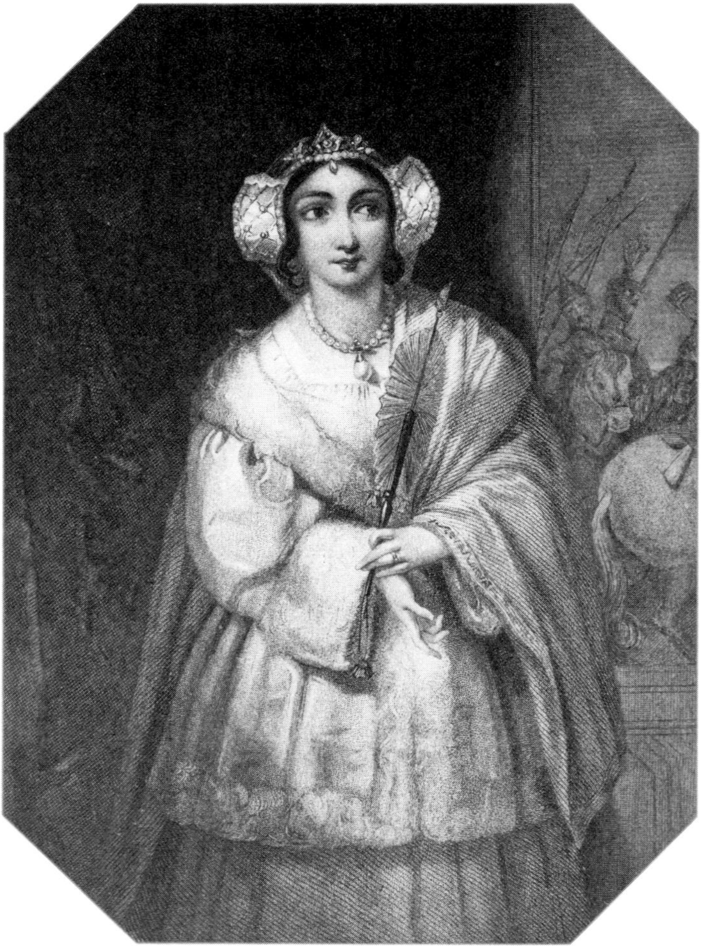

潘西夫人

《亨利四世》

我原来想象,她的脸庞以及她的身材,不会似这里的肖像画所描写的这般丰满。听她说话,人们会觉得她轮廓分明、腰身纤细。也许将这一显示她精神面貌的特征,与她丰满的外形做一比较,是十分有趣的。她在肉体和心灵两方面,都是快乐的、真诚的、健康的。亨利王子很想让我们失去对于这个可爱人物的兴趣,于是,他便丑化她和她的潘西:

> 我还不能抱着像潘西,那个北方的霍茨波那样的心理;他会在一顿早餐的时间杀了七八十个苏格兰人,洗了洗他的手,对他的妻子说:"这种生活太平静啦!我要的是活动。""啊,我的亲爱的亨利",她说,"你今天杀了多少人啦?""给我的斑马喂点儿水",他说,"不过十四个人"。这样沉默了一个小时,他又接着说:"不算数,不算数!"

下面这一场,是多么的短小精悍,而又引人入胜,我们看到了潘西和他的妻子如何操持家务,以及她如何以大大咧咧的情话控制急躁不安的英雄:

潘西夫人:算了,算了,别装傻了!直截了当地回答我的问题吧。真的,亨利,要是你不把真相原原本本地告诉我,我会掰断你的小指头。

潘西:走开,走开,你这无聊的东西!爱!我不爱你,我一点儿也不关心你。这是一个让我们玩布偶、接吻的世界?不,我们必须让鼻子流血,脑袋开花,还要牵连其他人。——天,我的马呢?你认为呢?凯蒂,你要我怎样?

潘西夫人:你不爱我?你真的不爱我?算了,就这样吧;因为你不爱我,我也不爱自己了。你不爱我了?不,告诉我,这是玩笑还是真的?

潘西:来,愿意看我骑马吗?当我在马上时,我发誓我永远爱你。听着,凯蒂,你以后不要用问题来烦我。我要去什么地方就去什么地方。今天晚上我必须离开你,可爱的凯蒂,我知道你是聪明人,可是无论你再怎么聪明,你不过是亨利·潘西的妻子。我知道你是忠实的,可你总是一个女人,没有别的女人比你更能保守秘密了。因为我知道,你决不会泄露你不知道的事情,在这样的程度上,我相信你,可爱的凯蒂。

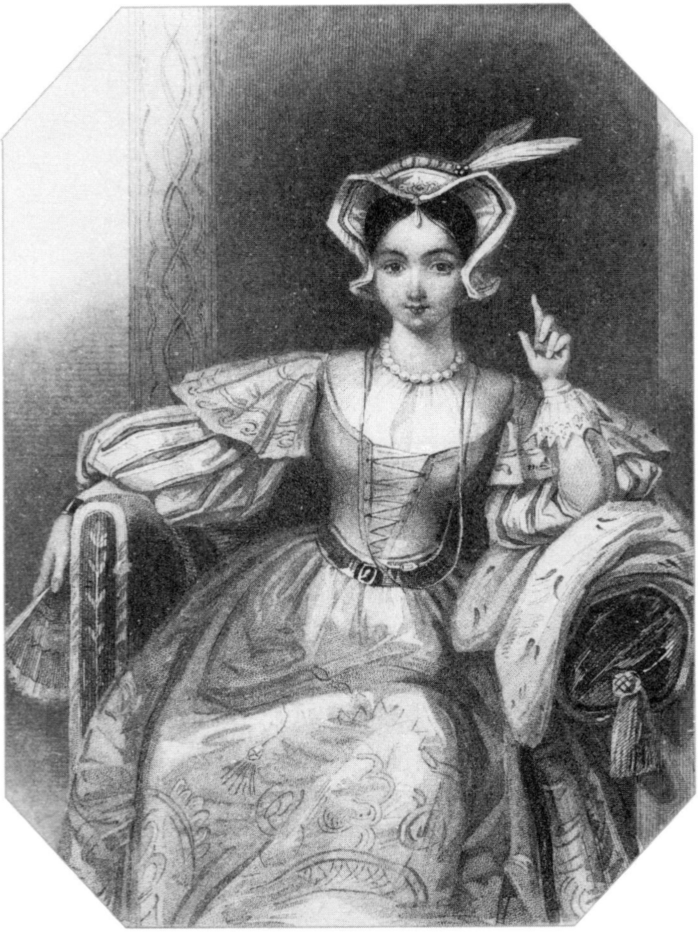

凯瑟琳公主

《亨利五世》

  莎士比亚真的写过凯瑟琳公主学英语的那一场吗？她用来取悦约翰牛的法国俗语都出自于他的手笔吗？我怀疑。我们的诗人本来是可以用一种英语俗语来突出同样的喜剧效果的，不仅如此，英语还有它自身的特点，在不违反语法的情况下，单纯用罗曼语的词语和结构，可以凸显出法国人的精神倾向。以同样的方式，一个英语剧作家，如若运用古撒克逊人的表达和措辞，也可以表达出日耳曼人的意趣。因为英语是由两种异质元素构成的，即罗曼语和日耳曼语，两种元素只是生拼硬凑在一起，而没有融为一个有机的整体，很容易分离开来，于是人们也就弄不清楚，正宗的英语究竟属于哪一方。不妨拿约翰逊博士或艾迪生的语言同拜伦或科贝特的语言比较一下。因此，莎士比亚实在没有必要让凯瑟琳说法语。

  这就让我想起我在另一处地方说过的一个观点，莎士比亚的历史剧有一个缺陷，他没有让上层贵族的罗曼—法兰西精神和下层民众的撒克逊—不列颠精神相映成趣。瓦尔特·司各特在他的小说中便做到了这一点，并获得了极为生动的效果。

在这个画廊里为法国公主画肖像的艺术家，可能是出于英国人的恶意，给她画的不是美丽的容貌，而是一张滑稽的面孔。在画上，她有一张鸟脸，眼睛看上去像是被遮盖了一样。她的头上戴的大概是一撮鹦鹉毛，难道是暗示她的学习像鹦鹉学舌一样吗？她有一双白皙的、好奇的小手。爱慕虚荣、穿着讲究、搔首弄姿，是她的全部本质，她非常喜欢摆弄扇子。我敢打赌，她那双纤细的小脚定是在向她走过的地面卖弄风情呢。

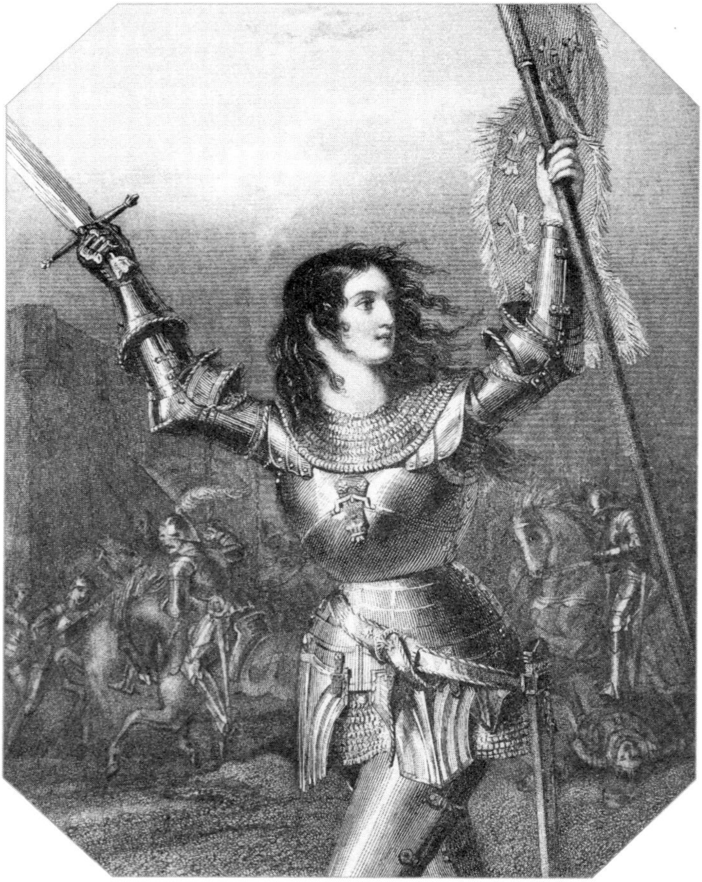

贞　德

《亨利六世》上篇

　　万岁，德国伟大的诗人，你从这高大的雕像上再一次光荣地清扫了伏尔泰的污秽玩笑，甚至是莎士比亚洒上的黑点……是的，是英国的民族仇恨或者中世纪的迷信，迷惑了我们伟大诗人的心灵，他竟将这个富于英雄气概的少女，描绘成了一个与地狱的黑暗势力结盟的女巫。他让她召唤冥府的恶魔，从而凭借这一假想，使她所遭受的惨不忍睹的极刑变得合理合法。——每当我散步走过卢昂的小广场，心中都会无名火起，在这座广场上，少女贞德被烧死，为永久记住这桩恶行，人们竖立了一座蹩脚的雕像。多么残忍的杀戮！这就是当时你们对待战败敌人的行为！除了圣赫勒拿岛之外，刚才提到的卢昂广场，又为英国人的高尚提供了令人发指的证据。

　　是的，连莎士比亚也伤害了这位圣女，虽然他不是出于明显的敌意，但他对待这位解放她的祖国的高尚少女，却是不友好和冷酷的。就算她借助过地狱的帮助，那也是值得尊敬和赞赏的！

有评论家认为，有圣女贞德形象出现的这部戏剧，如《亨利六世》的上篇和中篇，并非出自莎士比亚的手笔。抑或他们的说法是正确的吗？他们声称，这部戏剧三部曲只是由莎士比亚改编加工的旧戏剧。为了奥尔良少女的缘故，我乐于附和这一看法，但提出来的论据却站不住脚。这部人们争论不休的作品，在许多地方带有莎士比亚精神的明显印记。

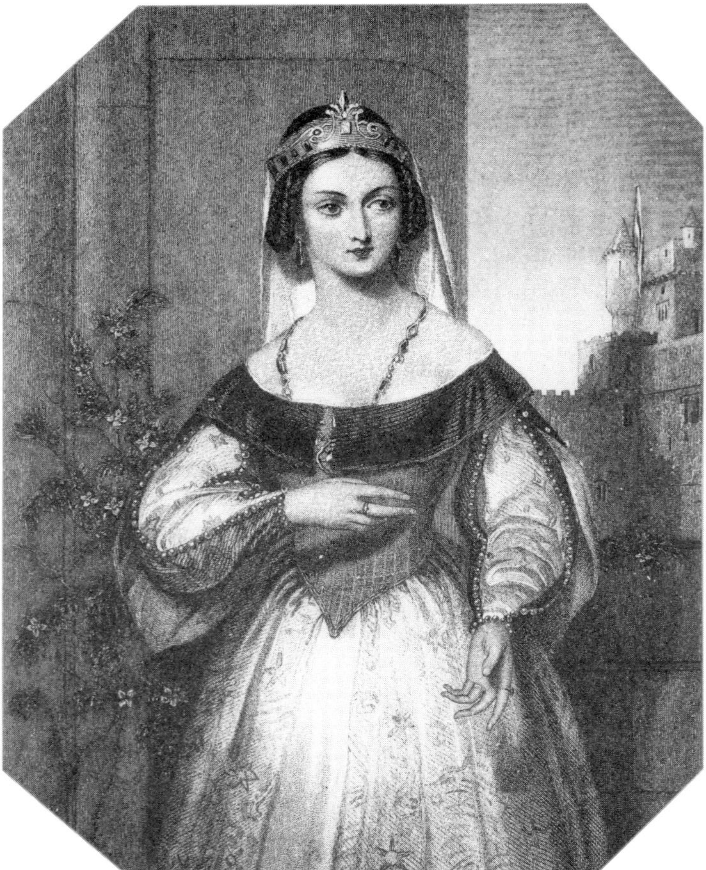

玛格莱特

《亨利六世》上篇

我们这里看到的瑞尼埃伯爵的漂亮女儿还是一个姑娘。萨福克出场时,她作为俘虏一同登场,但一瞬间,她却俘获了他。这使我们想到了一个新兵,他从岗哨冲着他的上尉大喊道:"我抓到了一个俘虏。""那就把他带到我这儿来。"上尉说。"可我不行",可怜的新兵回答道,"我的俘虏不放我。"

萨福克:世间稀有的宝贝儿,不要见怪,我们是前世有缘,才使你落到我的手中。我要像母天鹅保护她的小天鹅那样,把你藏在我的翅膀底下。虽说是俘虏,却是非常疼爱的。如果这样你还不称心,那你就作为萨福克的朋友,爱到哪里就到哪里去吧。(玛格莱特欲走开)啊,等一等!我怎能放她走,我的手肯放,但我的心不肯放呀。她那映丽的姿容,照得我眼花缭乱,好似太阳抚弄着平滑的水面,折射回来的波光炫人眼目。我很想向她求爱,但我不敢开口。我要拿过笔墨,写出我热恋的心情。呀,呸,波勒哟,你为什么这样瞧不起自己?你不是惯会甜言蜜语的吗?她不是落在你的手掌之中了吗?你见到一个娘儿们就弄得手足无措了吗?哎,的确,一张标致的面庞,真能使人神魂颠倒,连舌头也不听使唤了。

玛格莱特:请问你,萨福克伯爵——如果我没有弄错你的名字——你要多少赎金才肯放我?我这样问你,因为看光景我已是你的俘虏了。

萨福克:(旁白)你还没有试一试向她求爱,你怎能断定她会拒绝你?

玛格莱特:你为什么不回答我?要我出多少赎金?

萨福克:(旁白)她既是美如天仙,就该向她求爱;她既是个女人,就可以将她占有。

他终于想出了一个留下俘虏的绝妙办法,他将她献给他的国王,这样他就可以同时成为她的公开臣仆和秘密情人。

玛格莱特和萨福克的这段关系在历史上有案可稽吗?我不知道。但是,莎士比亚洞悉一切的目光却经常会发现那些不载于史籍但真实的事物。他甚至谙熟克利俄忘记记录下来的那些在过去时代稍纵即逝的梦幻。也许这些梦幻的形形色色的摹本,被保留了在了现实的舞台上,他们不再像普通影子那样随着现象的消失而消失,而是像幽灵一样停留在大地上,虽不为忙于世务的凡夫俗子所见,但对于我们称之为诗人的那些幸运儿的慧眼,一切都是栩栩如生。

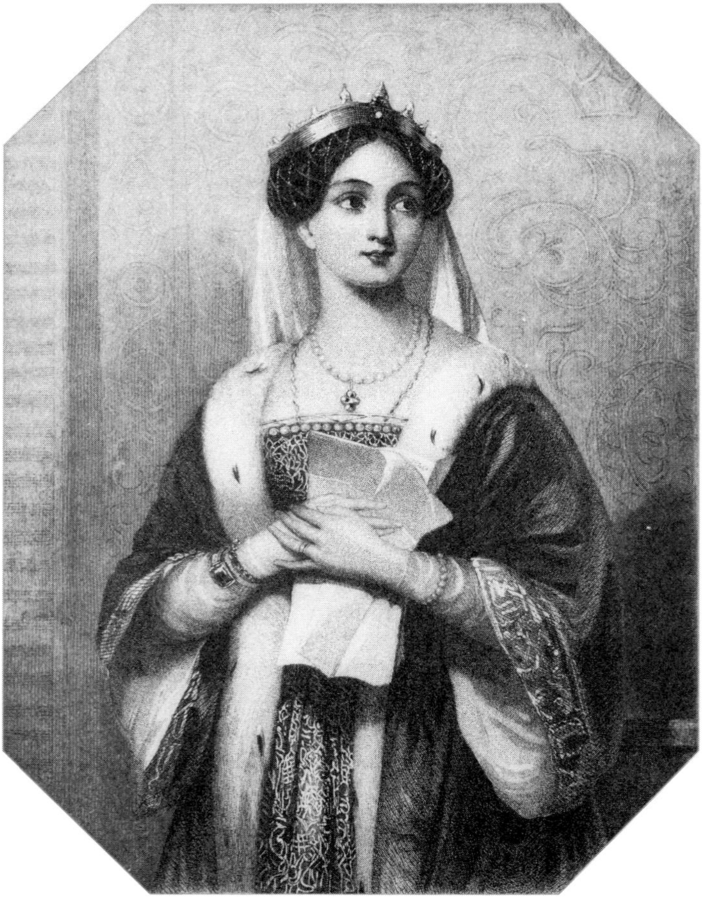

玛格莱特王后

《亨利六世》中篇、下篇

在这幅肖像中，我们看见了作为王后，作为亨利六世之妻的玛格莱特。花蕾绽放了，她现在是一朵盛开的玫瑰；但里面却隐藏着一条可恶的虫子。她变成了一个冷酷、邪恶的女人。无论在现实的世界或虚构的世界中，这样残酷的场景都是前所未有的，她递给哭泣的约克一块肮脏的、浸透着他儿子鲜血的手巾，并嘲弄他，让他用这块手巾来擦干眼泪，她的话语令人恐怖：

> 约克，你瞧！这块手巾上是什么？这是克列福用刀尖戳出那孩子心头的血，是我把那血蘸在我这手巾上面的。如果你为孩子的死亡而流泪，我可以把这块手巾借给你擦干你的面颊。哎呀，可怜的约克唷！我若不是对你怀着深仇大恨，我对你遭逢的惨境也不禁要深表哀怜。我请求你，约克，痛哭一场吧，这样才能使我看了开心。怎么，难道

你火辣的心肠已经烧干你的肺腑，以致听到儿子死亡的消息，一滴泪水也没有吗？汉子，你为什么一声不响？你该发狂呀。我这样戏弄你，就为的是使你发狂。跺脚吧，咆哮吧，暴跳如雷吧，你要是那样，就能使我高兴得边唱边舞了。

替这位美丽的玛格莱特画像的艺术家，如果把她的嘴巴画得张开一点，我们就会发现，她像猛兽一样长着尖牙利齿。

在以后的戏，即《查理三世》中，她变得丑陋不堪，时间拔掉了她的尖牙，她不能再咬人了，但却能咒骂，她像一个幽灵般的老妇在宫中飘来荡去，没有牙齿的恶嘴里咕哝着不祥的咒语。

因为她对那个粗野的萨福克的爱，莎士比亚竟使我们对这个恶妇产生了几分感动。不管这种爱是多么罪恶，我们也不可否认它的真诚和深情。这对情人分别时的对话是多么感人啊！玛格莱特的话里充满了柔情：

去吧，不必再对我说什么，此刻就去吧。呀，还不能走！让我们这一双遭难的朋友互相拥抱，深深亲吻，再作一万次的告别。生离比死别更是百倍地叫人难受呵！可是，只得再见了；愿你一切安好！

接着萨福克答道：

> 我对故土倒并无留恋，如果您离开了那里。我萨福克只要能够常和你在一起，那么即便住在穷乡僻壤，也如同住在繁华的城市一般，因为你在哪里，哪里就是整个的世界，世间的一切快乐也都齐备；你所不在的地方，就是一片荒凉。我是什么都不指望了。

后来，当玛格莱特手捧着她情人的血淋淋的头颅，绝望地嚎啕大哭时，让我们想起了《尼伯龙根之歌》中的克里姆希尔德。那种被铁裹着的痛苦，所有安慰的话，都无济于事！

在序文中我已说过，有关莎士比亚取材于英国历史的剧作，我不做任何历史的和哲学的考察。只要现代的工业需要和中世纪封建残余的斗争还以各种各样变化的方式进行着，那些戏剧的主题就不可能得到充分的讨论。在这里，也不像在罗马戏剧中那样，易于做出一个决然的判断，而任何的直言不讳，都可能带来不必要的麻烦和尴尬。但在这里，有一两句话我不能不说。

我不能理解，为什么一些德国评论家在谈到莎士比亚历史剧中所描写的那些法国战争时，他们总是坚定地站在英国一边。实际上，在那些战争中，英国一方既没有正义也没有诗意，一方面，他们以继承权为借口来掩盖他们最赤裸裸的掠夺欲，另一方面，他们则在共同商业利益中相互追逐厮打……和我们今天的时代一模一样，只不过十九世纪是为了咖啡和蔗糖生意，十四世纪是为了羊毛生意罢了。

米什莱在他天才的著作《法国史》中十分正确地写道：

克雷西、波瓦狄埃等地的战役的秘密，存在于伦敦、波尔多和布鲁日的商务事务所中——羊毛和肉类创建了最早的英国和英国民族。英国在成为全世界的大型棉纺厂和钢铁厂之前，是一个肉类加工厂。自古以来，这个民族主要从事畜牧业，并以肉食为主。于是就形成了肤色健康、强壮有力（短鼻子和没有后脑勺）的这种美。——请允许我趁此机会谈一下我个人的印象。

我曾到过伦敦及英格兰和苏格兰的大部分地区；我的惊叹多于理解。当我从约克郡到曼彻斯特，横穿整个岛屿，而踏上归程时，我才对英国有了一个真正的直观感受。那是一个浓雾弥漫、空气潮湿的早晨；我觉得这块陆地不仅为海洋所包围，而且为它所淹没。灰白色的阳光几乎照不到陆地的一半。如果不是漂浮的海雾冲淡了那些醒目的颜色，新造的红瓦顶房屋一定会和湿润的绿草形成尖锐的对照。肥沃的牧场上，跑满羊群，并矗立着工厂冒着火焰的烟囱。畜牧业、农业、工业，全都拥挤在这个狭小的空间里，一个挨着一个，彼此相互滋养；草以雾为生，羊以草为生，人以血为生。

在这种消耗性的气候中，人们总是为饥饿所折磨，只能通过劳动来延长生命。自然强迫人非如此不可。但他们懂得报复自然，让自然自己劳动，他们通过铁和火征服自然。整个英国被这场斗争弄得气喘吁吁。那里的人怒气冲冲，精神失常。看看这些通红的脸，这些恍惚不定的眼睛……人们会以为，他们喝醉了。但他们的头脑和手是坚定不移的。他们只为血和力量而狂喜。他们把自己当作一架蒸汽机，给它装满充足的燃料，从而获得尽可能多的力量和速度。

英国人在中世纪大约就是现在这个样子：精力过人，热衷商业，因缺乏工业活动而尚武好战。

英国虽然有农业和畜牧业，但还没有制造业。英国人提供原材料，让其他人加工。羊毛在海峡这一边，工人在海峡另一边。当王公们互相争斗时，英国的畜产商和弗兰德的织布厂厂主却和睦相处，结成牢不可破的联盟。法国人想打破这种联盟，结果从一开始就招来了百年战争。英国国王虽然想征服法兰西，但人民却为了英国的羊毛而只要求自由贸易、自由进口和自由市场。议员们聚集在一个巨大的羊毛口袋周围，讨论国王的要求，欣然同意他有充足的经费和军队。

工业和骑士制度的混合，赋予整个历史一种奇特的面貌。那位当着圆桌骑士团信誓旦旦要征服法兰西的爱德华，那些由于誓言而用红布蒙上一只眼睛的、一本正经得滑稽可笑的骑士，他们都不是大傻瓜，会冒生命危险奔赴战场。

十字军东征时的那种朴素虔诚已不复存在。这些骑士不过是伦敦和根特商人的雇佣兵、掮客、武装的代理商。就连爱德华自己也不得不屈尊俯就，收敛他的傲慢，通过谄媚来讨好布业工会和纺织公会，必须和他的教父、酿酒厂厂主阿蒂维尔德握手言欢，必须登上畜产商的办公桌，向民众讲话。

十四世纪的英国悲剧里有一些非常滑稽的角色。在最高贵的骑士身上，总是隐藏着某种福尔斯塔的形象。在法国、意大利、西班牙，即在南方的那些美丽国家中，英国人既表现出贪婪又表现出勇敢，这是能吞下牛的海格立斯。他们到来，是为了吞下（在这个词的真正意义上）这片国土。但土地进行报复，以水果和葡萄酒战胜了他们。他们的王公和军队因暴食暴饮，而死于消化不良和痢疾。

与这些被雇佣的饕餮者相比较，法国人是最节制的民族，与其说他们醉心于葡萄酒，不如说他们更陶醉于与生俱来的激情。这种激情是他们不幸的根源。我们看到，在十四世纪中叶，他们与英国人的战争，正是由于过度的骑士精神而导致了失败。在克雷西，法国人的失败要比英国人毫无骑士精神而以步兵所取得的胜利更为壮观……在这之前，战争不过是出身门第相当的骑士的一场大比武；但在克雷西，这种浪漫的骑兵，这种诗意，却被现代的步兵、被训练有素的战斗序列的散文所击败，是的，甚至还出现了大炮……老波希米亚国王，失明、衰老，但仍作为法国的藩臣参加了克雷西的战役，他一定觉察到，一个新时代正在开始，骑士时代已经结束，今后骑兵将为步兵所战胜。于是，他对骑士们说："我请求你们领我到战斗的最前沿，让我再一次用利剑拼杀一场！"他们听从了，将他的马系在他们的马上，带着他冲进血沫横飞的厮杀。翌日清晨，人们发现，所有人统统死于始终和他们绑在一起的马上。就像这位波希米亚国王和他骑士们一样，法国人在克雷西和波瓦狄埃也失败了，他们战死了，而且也是战死在马上。胜利属于英国，荣耀属于法国。是的，法国人甚至因失败，而让他们的对手相形见绌。自从克雷西和波瓦狄埃的时代以来，一直到滑铁卢，英国人的胜利始终是人类的耻辱。克利俄毕竟是一个女人，不管她多么客观冷静，她都不会不为骑士精神和英雄气概所感动；我相信，她是怀着忧伤而痛苦的心情，将英国人的胜利写在她的记事板上的。

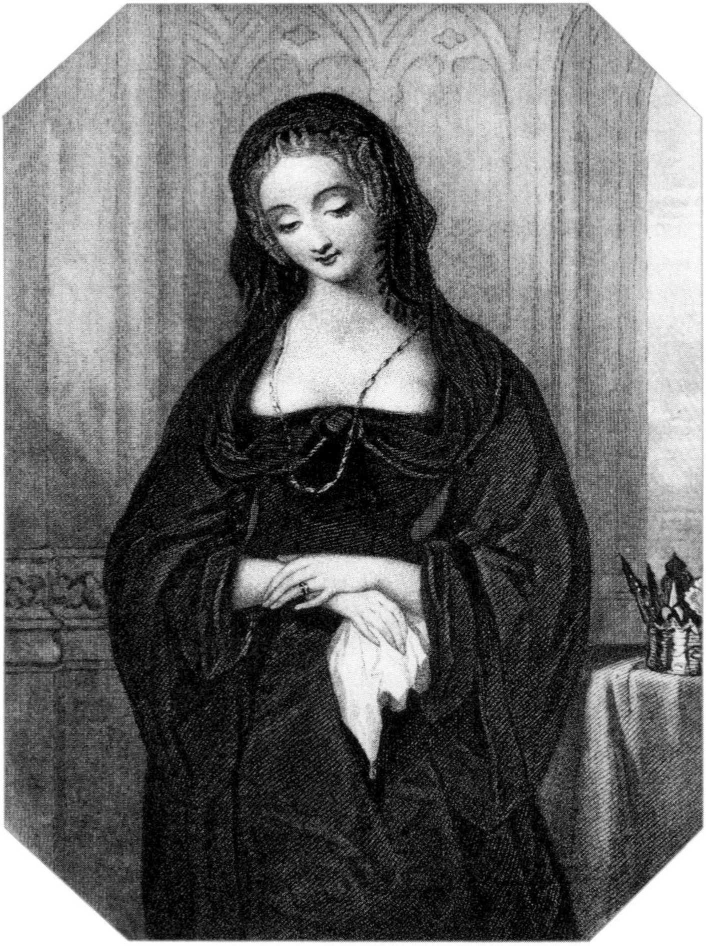

葛雷夫人

《亨利六世》

她是一个可怜的寡妇,颤抖着走到国王爱德华的面前,向她乞求,把她丈夫死后落入敌人手中的财产还给她的孩子们。这个淫荡的国王未能引诱她失节,却被她迷人的眼泪所倾倒,以至于将王冠戴在了她的头上。历史告诉我们,两个人为此而遭受了多少磨难啊!

莎士比亚的确是按照历史来忠实地描写这个国王的吗?我必须再次重申我的观点,莎士比亚善于填补历史空白。他对国王性格的刻画,总是栩栩如生、惟妙惟肖,因此,就像一位英国作家所说的那样,人们有时猜想,他是不是一生都当过他在某一部戏剧中所描写的那个国王的宰相。莎士比亚描写的真实性,在我看来,也可以通过古代国王和现今国王之间惊人的相似性,来加以证明。对于现今的国王,我们能够做出最确切的判断。

弗里德里希·施莱格尔关于历史家所说的话,也完全适用于我们的诗人：他是一位朝向过去的预言家。如果允许我用一面镜子来映照我们当今时代最著名的一位君主，那么莎士比亚早在两百年前就已经描画出了他的典型特征。事实上，当我们一看到这位伟大的、卓越的，而且也确实是荣耀的君主时，便会有一种莫名的恐惧悄然袭上心头，这种恐惧是我们在清醒的白天突然遇见一位在夜梦中出现的人物时所产生的恐惧。八年前，当我看见他骑马走过首都的街道，"脱下帽子谦卑地向四周问好"时，我总是想起约克在描述波林勃洛克进入伦敦时说的那番话。他的堂兄，新即位的理查二世，对他十分了解，完全看透了他，曾非常正确地说：

> 我自己和这儿的布希、巴各特、格林三人都曾注意到他向平民怎样殷勤献媚，用谦卑而亲昵的礼貌竭力博取他们的欢心；他会向下贱的奴隶浪费他的敬礼，用诡诈的微笑和一副身处厄境毫无怨言的神气取悦穷苦的工匠，简直像要将他们的思慕之情一同带走。他会向一个叫卖牡蛎的姑娘脱帽，两个运酒的车夫向他说了一声"上帝保佑你！"他就向他们弯腰答道："谢谢，我的同胞！我的亲爱的朋友们！"（《理查二世》）

是的，一切都是多么惊人地相似。我们看到，今天的波林勃洛克和老波林勃洛克简直是一模一样，在他的堂兄倒台后，他登上王位，逐渐巩固了权力：一个狡猾的英雄，一个阿谀奉承的巨人，一个善于伪装的泰坦,令人恐怖,却威而不怒,用一只戴着天鹅绒手套的魔爪抚摸着公众的舆论,远远地窥伺猎物,不到有最确定的把握,绝不轻易扑出……但愿他永远战胜气喘吁吁的敌人,维护国家的和平一直到死,那时,他将会对他的儿子说出莎士比亚早已为他写好的那番话:

  啊,我儿!上帝让你把它拿了去,好叫你用这样贤明的辩解,格外博取你父亲的欢心。过来,亨利,坐在我的床边,听我这垂死之人的最后的遗命。上帝知道,我儿,我是用怎样诡诈的手段取得这一顶王冠;我自己也十分明白,它戴在我的头上,给了我多大的烦恼;可是你将要更安静更确定地占有它,不像我这样遭人嫉视,因为一切篡窃攫夺的污点,都将随着我一起埋葬。它在人们的心目之中,不过是我用暴力攫取的尊荣;那些帮助我得到它的人都在指斥我的罪状,他们的怨望每天都在酿成斗争和流血,破坏这粉饰的和平。你也看见我曾经冒着怎样的危险,应付这些大胆的威胁,我做了这么多年的国王,不过在反复串演着这一场争杀的武戏。现在我一死之后,情形就可以改变过来了,因为在我是用非法手段获得的,在你却是合法继承的权利。可是你的地位虽然可以比我稳定一些,然而人心未服,余憾尚新,你的基础还没有十分巩固。那些拥护我的人们,也就是你所必须认为朋友的,他们的锐牙利刺还不过新近拔去；他们用奸险的手段把我扶上高位，我不能不对他们怀着疑虑，怕他们会用同样的手段把我推翻；为了避免这一种危机，我才多方剪除他们的势力，并且正在准备把许多人带领到圣地作战，免得他们在国内闲居无事，又要发生觊觎王座的图谋。所以，我的亨利，你的政策应该是多多利用对外的战争，使那些心性轻浮的人们有了向外活动的机会，不至于在国内为非作乱，旧日的不快的回忆也可以因此而消失。我还有许多话要对你说，可是我的肺力不济，再也说不下去了。上帝啊！恕宥我用不正当的手段取得这一顶王冠；愿你能够平平安安享有它！

（《亨利四世·下篇》）

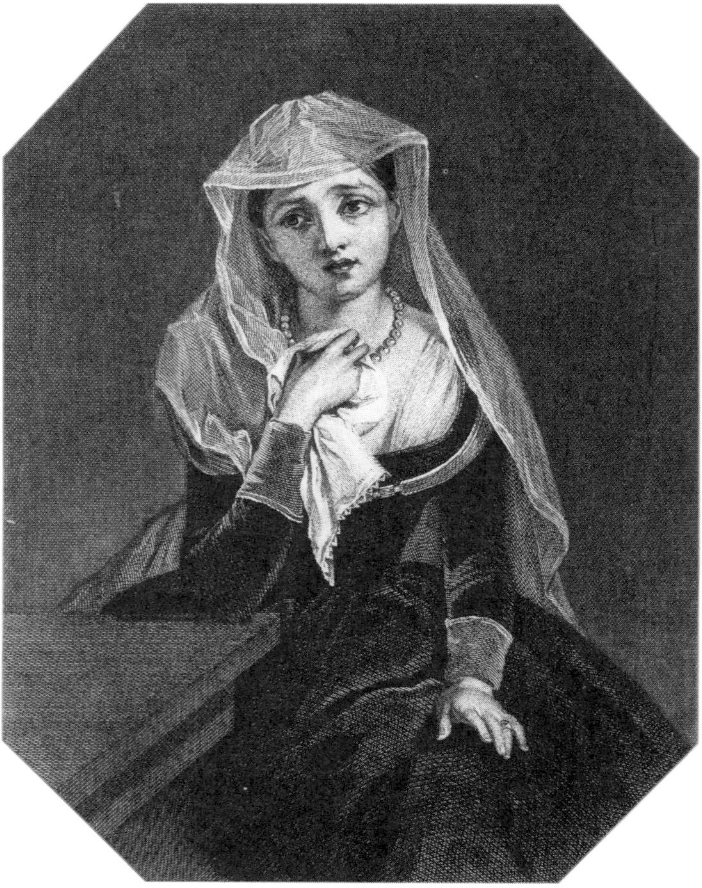

安娜夫人

《查理三世》

女人的欢心，就像幸福一样，是自由的礼物，人们得到它时，不会知道是怎样得到的，也不知道是为什么。但有这样一些人，却懂得以铁的意志从命运手中夺取它，他们达到这个目的，或者是通过谄媚，或者是通过对女人进行恐吓，或者是通过引起她们的怜悯，或者是通过给她们提供自我牺牲的机会……而最后这一点，即牺牲，是女人乐于扮演的角色。她们在大庭广众之下打扮得鲜美靓丽，同时又在孤独中品尝泪沾衣襟的哀愁。

安娜夫人同时被这一切所征服。甜言蜜语从可怕的唇间缓缓地流出……查理在向她献媚，讨她欢心，可正是这同一个查理，将地狱的一切恐怖都注入了她的心中，杀害了她正在埋葬的丈夫和如朋友一般的父亲……他一边以专横跋扈的口气，命人将棺材放入墓穴，一边又温柔地向那个美丽而悲伤的女人求爱……羊羔恐惧地看见了狼的尖牙，但狼嘴里却突然吐出了最甜蜜的献媚之语……狼的献媚之语是如此的动人，让可怜的羊羔陷入陶醉，她的感情发生了突然的转变……查理王倾诉了他的痛苦，他的忧伤，让安娜无法拒绝对他的同情，更何况，这个狂怒的人天生就不怎么爱怨天尤人……他受到良心的谴责，表示后悔，而一个善良的女人，如果愿意为他牺牲，也许就会将他引入正途……于是，安娜决定成为英国的女王。

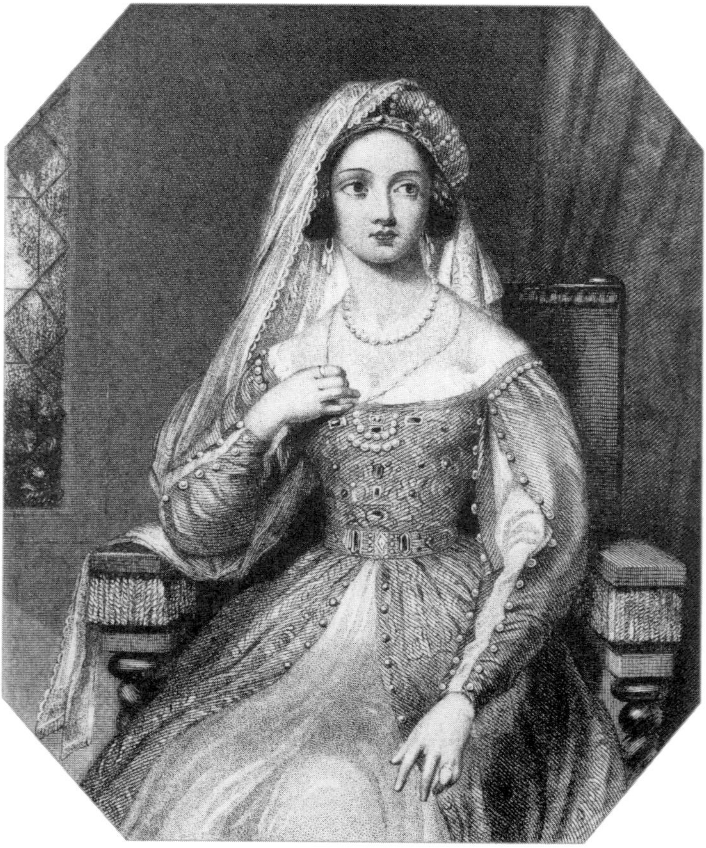

凯瑟琳王

《亨利八世》

  我对这位侯爵夫人怀有一种难以排除的偏见，尽管我不得不承认她的道德极其高尚。作为妻子，她是善于持家、忠诚守节的典范。作为王后，她赢得了最高的尊严和荣耀。作为基督徒，她是虔诚的化身。她从塞缪尔·约翰逊博士那里获得了毫不吝啬的赞美，她是莎士比亚所有女性中的宠儿，他说到她时，可谓柔情似水，饶是动人……这真让人受不了。莎士比亚使出了浑身解数来赞美这个善良的女人，但当人们看到，约翰逊博士这个大啤酒桶，一瞥见她时的那种神魂颠倒的样子，以及对她的溢美之词，他的一切努力也就付之东流了。如果她是我的妻子，我会因这样的赞美而和她离婚。或许，把那个可怜的国王从她身边夺走的，不是安娜·波林的娇媚，而是当时某一位约翰逊博士对忠诚、高贵、虔诚的凯瑟琳的赞美。也或许是那位尽管出类拔萃，但却像约翰逊博士一样迂腐、呆板、食古不化的托马斯·摩尔把这位王后捧上了天？对于这位精干的首相来说，他的热情所付出的代价未免太大了一些，国王因此也将他送上了天。

我不知道，最让我惊讶的是什么，是凯瑟琳忍受了她丈夫整整十五年，还是亨利也忍受了他妻子同样长的时间？国王不仅反复无常，性情暴躁，而且同他妻子的兴趣爱好始终格格不入——这种现象存在于许多打打闹闹一辈子仍和睦相处的婚姻中——但国王也是音乐家和神学家，虽然二者的水平却蹩脚透顶。不久前，我好奇地听说他写了一首赞美诗，其拙劣程度不亚于他那篇七种圣礼的论文。他的音乐作品和神学文章，让他可怜的妻子不胜其烦。亨利最出色的，是他对于造型艺术的鉴赏，也许他最糟糕的好恶，正是来自于对于美的偏爱。阿拉贡的凯瑟琳虽然是亨利的寡嫂，十八岁的亨利还是娶了她，那时二十四岁的凯瑟琳依然十分娇艳。但是，她的美色却不能与岁月而俱增，更何况，她还因为虔诚，不断地以鞭笞、禁食、不眠和忧伤等苦行磨炼自己。对于这些苦行修炼，她的丈夫经常是抱怨不迭，就是我们摊上这样一个妻子，那也是要命的。

当然，还有另一件事也加深了我对这位女王的偏见：她是卡斯蒂利亚的伊莎贝拉的女儿和血腥残暴的玛丽的母亲。我难以想象，一棵从邪恶种子生长出来的树，怎么能不结出邪恶的果实呢？

纵令她在历史上没有一丝一毫的暴行，但每当她表现和夸耀自己的品级地位时，她仍然流露出她的种族所具有的那种粗野的傲慢。尽管她具有那种已深入骨髓的基督教谦恭，但如果有人违反传统的礼仪，甚至于要取消她的王室头衔，她就会陷入一种近乎异教徒的愤怒。她至死都保留着她不可磨灭的高傲，甚至在莎士比亚笔下，她的遗言都是：

> （你们要）在我身上涂上香膏，然后再把我安葬，虽然我是个被废黜的王后，但我的葬礼应是一个王后的葬礼，是一个国王的女儿的葬礼。我不能再多说了。

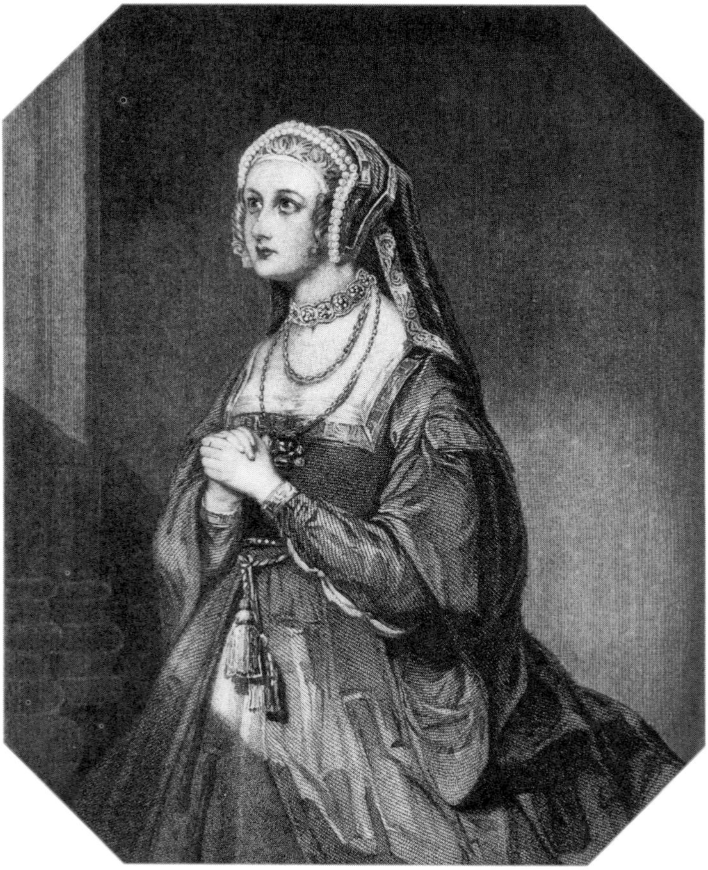

安娜·波林

《亨利八世》

通常人们都这样认为,亨利国王后悔自己同凯瑟琳的婚姻,是由美丽的安娜·波林的魅力引起的。甚至莎士比亚也流露出这种观点,当新王后在加冕行列中出现时,他让一个年轻的绅士说出了下面的话:

……愿上天降福你!你这张脸是我见到过的最美丽的了。先生,她简直是个天使啊,我这话若不对,也算不得是个有灵魂的人了。咱们的国王怀中拥抱了东、西印度的全部财富,不,当他拥抱这位美人时,比东、西印度还富有;我不责怪他的良心。

诗人通过描写人们看到安娜·波林在加冕中出现时所发出的欢呼和惊叹,使我们了解了她的美貌。

莎士比亚对他的女统治者，崇高的伊丽莎白的爱，也许就最完美地体现在他对伊丽莎白母亲加冕庆典的详尽描写上。所有这些细节都是对女儿王位权利的认可，诗人懂得如何向广大民众说明女王的这种有争议的合法性。当然，女王也值得享有这种诚挚的爱！她允许诗人在舞台上公正地表演她的祖辈，甚至她的父亲，并不认为这样做会有损王室的尊严！作为一个女王，作为一个女人，她绝不愿损害诗的权利；她不仅在政治上给予我们诗人最大程度的言论自由，而且还允许他在性关系上使用最粗鲁的语言，她从不为健康肉欲的纵情嬉戏而生气，甚至作为一个未婚的女王，她竟要求约翰·福尔斯塔爵士扮演情人。《温莎的风流娘儿们》能够上演，应该感谢她的微笑示意。

在《亨利八世》的结尾，莎士比亚将新生的伊丽莎白带上舞台，象征着襁褓中的美好未来，在莎士比亚的历史剧中，没有比这更完美的结局了。

但在这里，莎士比亚对女王的父亲亨利八世这一人物的描写，完全是忠实于历史吗？是的，他虽然没有像在他的其他戏剧中那样，用刺耳的声音大声宣称真实，但他无论如何都表现了这一真实，而且低沉的声音反而使每一句谴责更加有力。亨利八世是所有国王中最邪恶的一个国王，如果说，其他所有的恶君只不过残害他们的敌人，那么，亨利八世却残害他的朋友，他的爱比他的恨要更加危险。这位王室蓝胡子的婚姻史令人恐怖，而在这一婚姻史的一切恐怖中，都混入了一种疯狂而可怕的礼貌和殷勤。当他下令处决安娜·波林时,他事先让人告诉她,他为她请来了全国最熟练的刽子手。然后,王后恭顺地感谢他最温柔的体贴和关照,并以略显轻浮的愉快,用白皙的双手抱住了自己的脖子,喊道:我的头很容易被砍下来,我只有这么一个细细的脖子。

用来砍下她脖子的那把斧子也不是很大。在伦敦塔的兵器库中,有人将它指给我看,当我把它拿在手中时,突然生出了一个奇怪的念头。

如果我是英国的王后,我会让人把那柄斧子沉入海底。

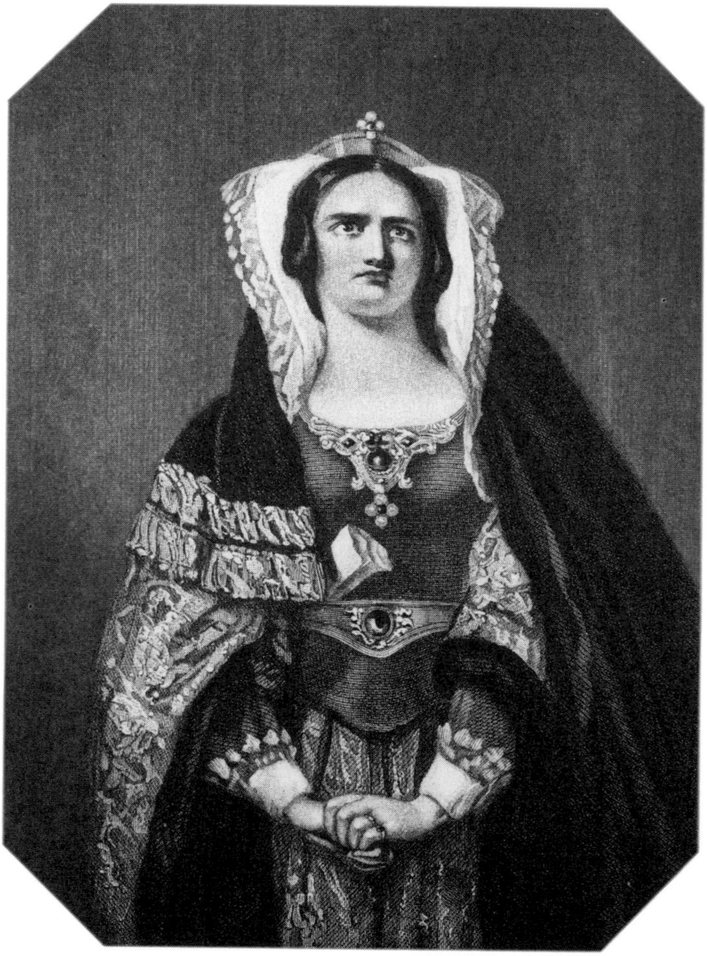

麦克白夫人

《麦克白》

现在，我就从真正的历史剧转向悲剧，它们的情节，或者纯粹是虚构的，或者取材于古代传说和小说。《麦克白》便是这样一种过渡，在这里莎士比亚的天才得以最自由、最充分的发挥。内容源自于一个古老的传说，它不是历史，但这出戏多少要求忠实于史实，因为英国王室的祖先在戏里扮演了一个角色。《麦克白》曾在雅各布一世统治时期上演过，众所周知，他可能是苏格兰班柯的后裔。因为这种关系，诗人还在他的戏中编写了一些向执政王朝表示敬意的预言。

《麦克白》是评论家的宠儿，在这里他们有机会广泛地讨论他们各自关于古代命运悲剧的见解，并将它同现代悲剧中的命运概念相比较。在这里请允许我发表一些粗浅的见解。

莎士比亚的命运观不同于古代人的命运观，正如古代北方传奇中遇见麦克白并向他允诺王冠的算命妇，不同于我们在莎士比亚悲剧中所见到的那些女巫们。古代北方传奇中的那些神奇的妇人显然是奥丁神的侍女,可畏的凌空女神,她们飘荡在战场上空,决定战争的胜负,被视为人类命运的真正主宰,因为在好战的北方,人类的命运取决于重要战争的结局。莎士比亚把她们变成了带来灾祸的女巫,从她们身上去掉了北方妖术世界所有可怕的魅力,他使她们成为雌雄同体的女妖,能够驱使巨大的幽灵,酿成毁灭,或是出于阴险的幸灾乐祸,或是按照地狱的命令。她们是恶的女佣,被她们妖言迷惑的人,就会精神和肉体一同消亡。莎士比亚将古代异教的命运女神和她们令人敬畏的咒语移植到基督教中,所以他的主人公的命运不像古代的命运那样,是必然的和不可避免的,而是地狱为了诱惑人类便用最精细的罗网缠绕人心的结果:麦克白输给了撒旦的威力,输给原初的恶。

比较一下莎士比亚的女巫和其他英国诗人的女巫,是有趣的。我们发现,莎士比亚还不能完全摆脱古代异教的直观方式,因此,他的女巫比米德尔顿的女巫要庄严可敬得多,后者的女巫更多是一个邪恶的丑老太婆,耍一点下流的小把戏,只能伤害肉体,对精神却无能为力,最多是以嫉妒、猜忌、猥亵等类似的感情顽疾将我们的心灵磨出一层硬壳来。

两百年来,麦克白夫人一直被看作是一个非常邪恶的人,但近十二年来,她的名声在德国已大为改观。虔诚的弗兰茨·霍恩在布洛克豪斯的《百科报》上写文认为,可怜的女人至今被人误解,其实她爱她的丈夫,并且是一往情深。紧接着,路德维希·蒂克先生也以他广博的学识和哲学的深度支持这一看法。不久之后，我们就看到，施蒂希女士开始在宫廷剧院的舞台上充满感情地扮演麦克白夫人，剧中人物的那种喁喁私语，在柏林，没有一颗心不为之感动，不少美丽的眼睛看到善良的麦克白夫人，都不禁潸然泪下。众所周知，这一切都发生在大约十二年前那个平和的复辟时期，那时我们的身体里还包藏着许多爱。自此以后，爆发了一场巨大的破产，如果我们现在不再向那些头戴王冠的人奉献热情洋溢的爱，那只能怪这些人自己了，他们像苏格兰王后一样，在复辟时期，将我们的心灵筛得一干二净。

我不知道，在德国是否还有人始终坚持认为麦克白和蔼可亲。然而，自七月革命之后，许多事情的观点都已发生改变，甚至在柏林，人们也许已经学会识别，善良的麦克白其实是一只极其凶猛的野兽。

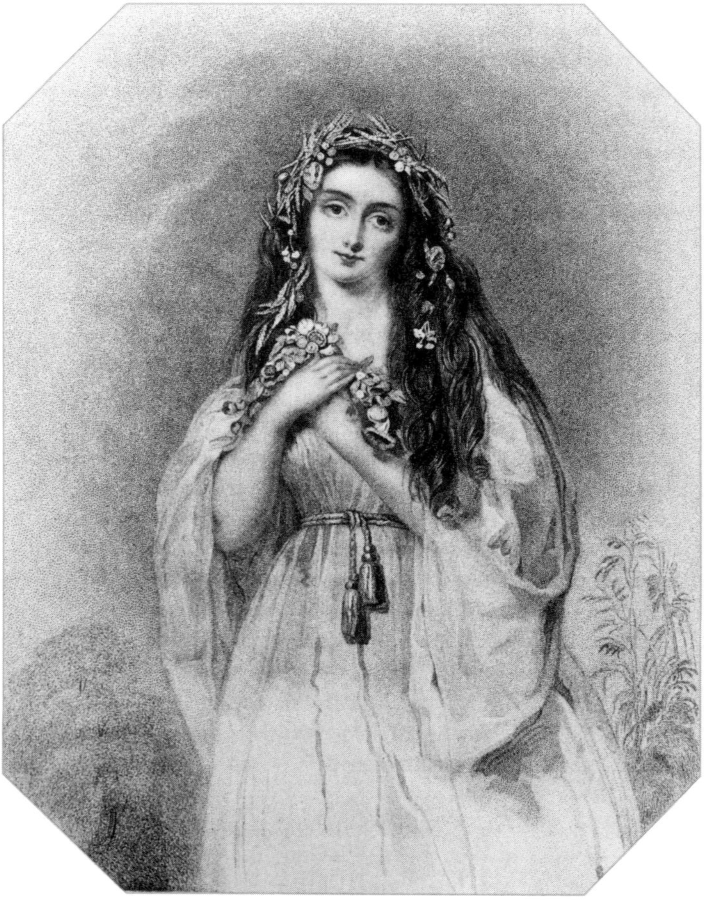

奥菲利娅

《哈姆莱特》

这是丹麦人哈姆莱特爱过的可怜的奥菲利娅。她是一位美丽的金发少女,尤其是她的声音充满魔力。当我想去威登堡旅行时,去她父亲那儿告别,她的声音就打动了我的心。老先生对我很好,将他平时很少用的忠言都送给了我。最后,他让奥菲利娅拿酒上来为我饯行。当这个孩子文静而雅致地向我走来,朝我抬起明亮的大眼睛时,我心不在焉地拿起了一只空杯子,而不是那只斟满了酒的。她笑我拿错了。她的微笑那时就光芒四射,她的嘴唇发出那种醉人的芳香,这也许是躲在嘴角的吻的精灵散发出来的吧。

当我从威登堡旅行回来,奥菲利娅的微笑又向我绽放开来,我忘掉了经院哲学的一切钻牛角尖的问题,脑海里只萦绕着这样一个亲切的问题:这微笑是什么意思?那声音,那种神秘渴望的笛声是什么意思?那双眼睛从哪里得到这样神圣的光辉?它是天空的余晖呢?还是天空由于这双眼睛而发亮?那微笑同天体舞蹈无声的音乐有关吗？或者它是最空灵的和谐在尘世中的标志？有一天，当我在赫尔辛基的御花园中漫步，温柔的低语爱抚，心因渴望而绽放……我永远无法忘记，夜莺的歌声在奥菲利娅天堂般的声音前是多么地寒碜啊！当我偶然把花朵同奥菲利娅娇小的嘴唇相比，它们那没有微笑的斑驳的脸庞又是多么的呆板！那苗条的身影像可爱的化身在我身旁飘荡。

唉！弱者就是这样没有出息，当他们遭受到巨大的打击时，首先向他们所有最美好、最可爱的东西发泄他们的怨气。可怜的哈姆莱特首先摧毁了自己的理智，那美好的珍宝被假装的神经错乱投入了真正疯狂的可怕深渊，并以尖酸刻薄的语言伤害它可爱的少女……可怜的东西！这还不够，他把她的父亲当作一只耗子一样刺死……她还不得不同样地神志错乱！但她的疯狂不像哈姆莱特那样黑暗，那样阴郁，而是漂浮的，像是以甜蜜的歌声安慰她的病体……她温柔的声音完全融化在歌声中，花儿，还是花儿环绕在她的思想中，她吟唱着，编织花冠装饰她的额头，笑着灿烂的微笑，可怜的孩子！

> 在小溪之旁，斜生着一株杨柳
> 绿叶映照在清澈的水中，
> 她用什么编织了幻想的花环
> 有苎麻，金凤花，雏菊和长颈兰。
> 那儿，她爬上树枝套上她的花环

>邪恶的枝丫断了,她掉了下来,
>落到呜咽的戏水中。她的衣裙
>展开,托着她
>像美人鱼一样
>她还在唱着古老的歌谣,
>好像不知自己的苦难
>又好像天生是为了这个时刻。
>可却不能长久,
>直至她的衣裳浸满了水
>把可怜的孩子从她的旋律中
>拖进了泥浆。*

但为什么给你们讲这个凄凉的故事呢?你们从很小就知道它,你们已经为这个丹麦的哈姆莱特哭得过多了,他爱可怜的奥菲利娅,远远超过那些千百个兄弟对她的爱的全部,可是他疯了,因为他父亲的亡魂向他显灵了,因为世界脱了臼,他要把它重新接在一起,却又觉得自己太软弱,因为他在德国的威登堡只是思考而荒废了行动,因为他面临选择,要么发疯,要么采取敏捷的行动,因为他作为人具备着潜在的疯狂因素。

我们了解这个哈姆莱特,就像了解我们自己的脸一样,我们经

---

* 这一段诗体译文为本书译者所译。

常可以在镜子中看到它,但我们却不像人们所想象那样了解他;因为我们如果在街上遇见任何一个同我们一模一样的人,便会出于本能,偷偷地怀着恐惧凝视着那个熟悉的相貌,却不知我们所看见的正是我们自己的面孔。

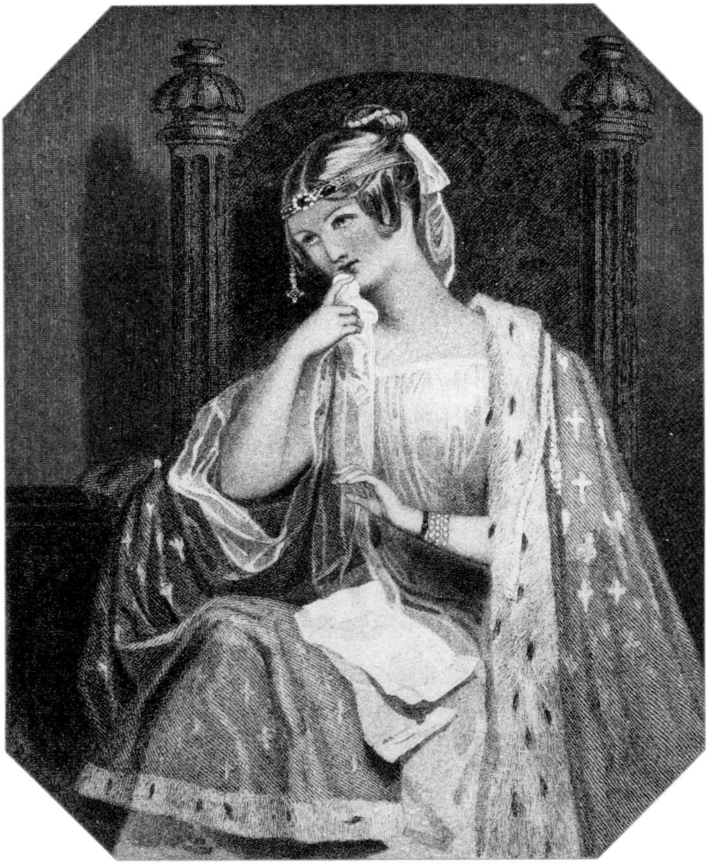

考狄利亚

《李尔王》

一位英国作家说，在这出戏里有步枪和自杀在等着读者。另一位指出，这部悲剧是一个迷宫，评论家全在里面迷路，最后还有被那个住在那里的牛头怪勒死的危险；在这里他只能用批评的刀子来自卫。事实上，在任何情况下，批评莎士比亚都是一件棘手的事，这个人的言语中永远有最尖利的批判，冲着我们的思想和行为发笑；所以，在这部他的天才发挥到极致的戏中批判他，几乎是不可能的。

我只敢走进这座神奇建筑的大门，只到了第一幕，便引起了我的震惊。在莎士比亚的悲剧中，第一幕总是令人赞叹不已的。通过这些序幕，我们马上会从日常的感情和行为思想中摆脱出来，被诗人带到那些震撼和洗涤我们灵魂的巨大事件中。悲剧《麦克白》是从女巫的会面开场的，她们的预言不仅压制了那些在我们看来给胜利冲昏了头脑的登台的苏格兰将领，而且压抑了我们观众的心，直到一切都应验和结束了，才能解脱。正如在《麦克白》中，血腥妖术世界的灰色麻痹感觉一开始就抓住了我们的心。同样,《哈姆莱特》第一幕中苍白的鬼魂世界也令我们恐惧,我们在这里摆脱不掉幽灵般的黑夜感觉,摆脱不掉噩梦般的恐惧,直到一切结束,直到充满人体腐臭气的丹麦空气重新得到净化。

在《李尔王》的第一幕中,我们同样被陌生的命运紧紧地抓住,它在我们的眼前露出苗头,展开,直至结束。诗人在这里给我们展示了一个比妖术世界和鬼魂世界中的一切恐怖还要可怕的场面:他首先向我们展示了可以冲破人们一切理智的激情,从一个疯狂的国王所有可怕的尊严中怒吼出来,同暴怒的自然相抗衡。但我认为,这里已没有莎士比亚一贯处理素材的从容自若了。在这里,他比在其他提到的悲剧中更为他的天才所左右。在《哈姆莱特》和《麦克白》中,他能够以艺术家的镇静,在最阴暗的感情黑夜旁画出诙谐的最亮丽的光芒,在最狂暴的行为旁画出最安静的事物来。的确,在悲剧《麦克白》中,一种柔和的静谧的自然在冲我们微笑:在实施血腥罪行的宫殿的窗檐上,粘着静静的燕窝,一个宜人的苏格兰的夏天,不太热,也不太冷,贯穿着整个戏剧;到处是秀木与绿叶,结尾甚至整片的森林扑面而来,勃南的树林跟着邓西嫩出现了。同样,在《哈姆莱特》中,优美的自然也同郁闷的情节相对照,主人公心中停留着黑夜,但太阳却依旧在早晨红彤彤地升起。波洛涅斯是个滑稽的小丑,喜剧在静悄悄地上演,在葱郁的树下,坐着可怜的奥菲利娅,她在用盛开的、鲜艳的花朵编织她的花环。但在《李尔王》中,却没有类似的情节与自然相对照,只有脱缰的大自然在咆哮,在冲击，在同可怜的国王较量。难道一件道德上的非常事件，也同样作用于这个无生命的自然吗？难道在自然和人的心灵之间，存在着一种明显的亲和力吗？难道我们诗人已经看出这一点，并想把它表现出来吗？

如上文提到的，这部悲剧的第一场就已经把我们引入了事件的中心。尽管天空是如此澄澈，一双敏锐的眼睛已经预见到了即将来临的暴风雨。在李尔王的神智中有一小朵云彩，它会凝结成最黑暗的精神黑夜，谁像他那样将一切赠送掉，谁就已经发了疯。同这位主人公的心灵一样，我们在序幕中也同样认识了女儿们的性格。考狄利亚静默的温柔立刻就打动了我们，那个现代的安提戈涅，她的内心胜过了她的古代姐妹。是的，她有一颗纯洁的心灵，国王直至发疯才看出来。完全纯洁吗？我认为，她有一点执拗，而这一点正是她父亲的遗传。但真正的爱是害羞的，憎恶一切空话，它只会流泪和流血。考狄利亚暗讽姐妹们伪善的那种忧伤的苦涩，是极其温柔的，具有一种博爱大师和福音书的主人公有时也会采用的嘲讽特色。她的心灵爆发出最公正的愤怒，并在下面这句话中表现出她全部的高贵：

"真的，我不会像我的姐妹们一样去嫁人，如果我只爱我的父亲的话。"

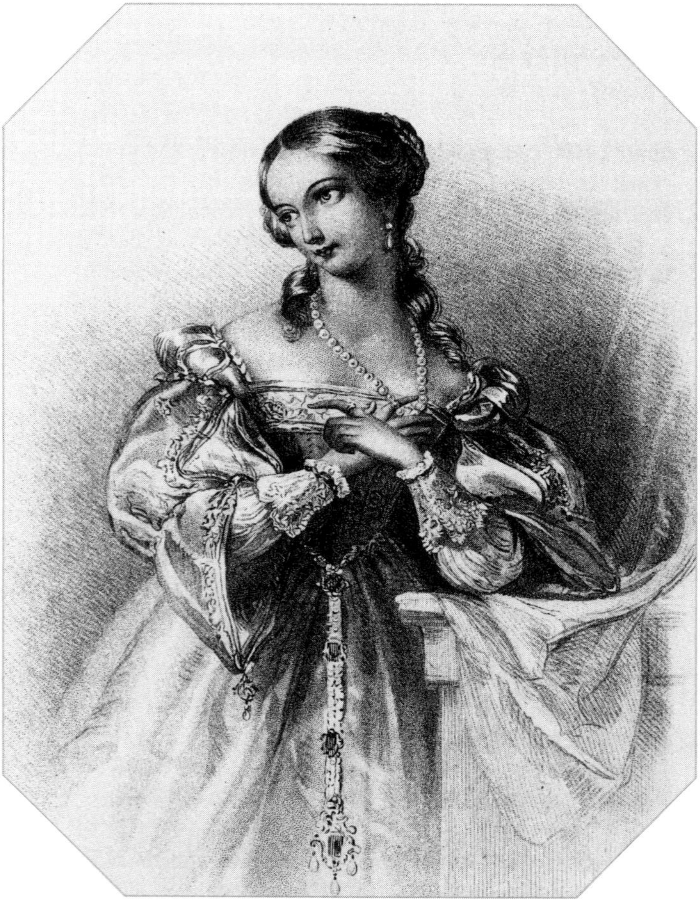

朱丽叶

《罗密欧与朱丽叶》

事实上,莎士比亚的每一出戏都有其独特的环境,有它一定的季节和地方特征。正如这出戏中的主人公一样,这里的天空和土地也一样有独特的面貌。在《罗密欧与朱丽叶》中,我们爬上了阿尔卑斯山,突然发现自己置身于一个美丽的花园,它的名字叫意大利……

你是否知道那地方,那儿盛开着柠檬花?
浓绿的树叶映着金橘?*

莎士比亚为伟大的爱情选择的舞台正是阳光灿烂的维罗纳。的确,这出戏的主角并不是那对众所周知的情人,而是爱情本身。我

---

* 本篇中的诗体译文均为本书译者所译。

们在这里看到，爱情年轻气盛地出场了，抗拒着一切敌对的关系，并战胜一切……因为它不怕在这场激烈的斗争中，求助于最可怕，却又是最信赖的同盟者：死亡。爱情同死亡结盟，是不可战胜的。爱情！爱情是所有激情中最高尚、最常胜的。爱情征服世界的最强大力量，在它无畏的勇气中，在它几乎不可思议的无私中，在它藐视生命的牺牲中。它没有昨天，也不考虑明天……它只眷念今天，但却要求它完整无缺、不折不扣……它绝不会为未来而节省今天的一切，也不留恋加热后的昨天的残羹……"我前面是黑夜，我后面也是黑夜"……它是两段黑夜之间的火焰……它从哪里产生？……从那无法察觉的小火星！……它是怎样结束的？……它无声无息地熄灭……它燃烧得越猛烈，它熄灭得越早……但这并不能妨碍爱情献身于炽热的激情，仿佛这火焰会永远燃烧一样……

唉，如果我们一生中第二次遭遇到这伟大的激情，便不会相信它的不朽了。最痛苦的回忆告诉我们，它最终会把自己消耗殆尽……所以第一次爱的忧郁和第二次爱的忧郁是不同的……第一次我们认为，我们的爱只会随着悲惨的死亡而结束，事实上，当我们无法克服随之而来的种种死亡，便会轻率地选择同我们的爱人共赴坟墓……相反，在第二次爱的时候，我们却已形成了这样的想法，我们最狂热、最美妙的感情会随着时间成为一种容易克制的微温；我们现在所热衷的眼睛、嘴唇、臀部，会在某一天我们对之无所谓了……唉，这种比任何死的预感更令人伤感！……这是一种绝望的感觉，当我们在最热烈的沉醉中，想到未来神志的冷静和平淡，经验告诉我们，最有诗意的、壮烈的激情只有一个如此可怜枯燥的结局！

这种诗意的、壮烈的激情！它们就像舞台上的公主一样，浓妆艳抹，华服盛装，骄傲地走到前台，一板一眼地用抑扬格滔滔不绝……但是，当大幕落下来后，可怜的公主又穿上了她平常的服装，脸上洗尽铅华，她必须把装饰品还给道具管理员，颤抖地挎上最先碰到的市法庭法官的胳膊，说着蹩脚的柏林腔德语，随他一同登上一个阁楼，打着哈欠，一头倒在床上，打起呼噜来，再也听不见甜蜜的奉承："您演得真好，我荣誉保证……"

我一点也不敢指责莎士比亚，我只想说一说我的惊讶。他在把罗密欧引去见朱丽叶之前，竟然让他处于对罗瑟琳的激情中。尽管他完全献身于第二次爱情，但他的心中总存在着一种疑惑，这种疑惑用嘲讽的语言表现出来，总使人想到哈姆莱特。或者说，男人的第二次爱情更加强烈一些，因为它带着明显的自我意识？女人却没有第二次爱情，她的天性太柔弱了，经不起第二次爱情的地震。请看朱丽叶。她能够第二次经受住那过度的喜悦和恐怖，能够抗拒一切恐惧，饮尽那令人战栗的圣餐杯吗？我认为，她第一次已经足够了，这个可怜的幸运儿，伟大激情的纯洁牺牲品。

朱丽叶是第一次恋爱，用她完全健康的肉体和心灵。她十四岁，在意大利，十四岁相当于北方的十七岁。她像一个玫瑰蓓蕾，在我们眼前，在罗密欧的吻中绽放。她从不曾在世俗的或宗教的书籍中了解到爱情是什么，太阳对她讲过，月亮对她重复过，当她夜里以为没有人偷听的时候,她的心像回声一样重复。但罗密欧站在阳台下,听见了她的话,并一字一句地重复出来。她的爱情品格是真实和健康的。这位姑娘身上充满了健康和真诚的气息,当她说出如下这段话时,是多么的感人肺腑:

> 你知道,黑夜给我罩上了一层面纱,
> 否则我的脸颊会浮上红晕
> 为了你刚才听去了我的话
> 我愿意遵守礼法,
> 否认刚才说过的话:
> 但让那些繁文俗礼见鬼去吧!
> 告诉我,"你爱我吗?"我知道,你一定
> 会说是的,我也愿意相信;
> 当你发誓的时候,你也许在撒谎;
> 正如人们所说的,天神对于恋人们的
> 背信弃义是一笑置之的。
> 啊!温柔的罗密欧,如果你爱我:
> 不要迟疑!也许你会认为,
> 我答应得太快了,那么我会假装矜持,
> 装作倔强,向你说不,
> 好让你向我请求:否则我是不会拒绝你的。
> 真的,我的蒙太古,我是太痴心了;

你可能会想,我是轻浮的,
但是相信我,我的忠诚
胜过那些善于矜持作态的人们,
但我必须承认,我也会矜持一些的,
如果我不是被你趁机窃听了我的表白。
所以原谅我吧!不要把我的表白看作是轻浮的,
因为是黑夜泄露了我的秘密。

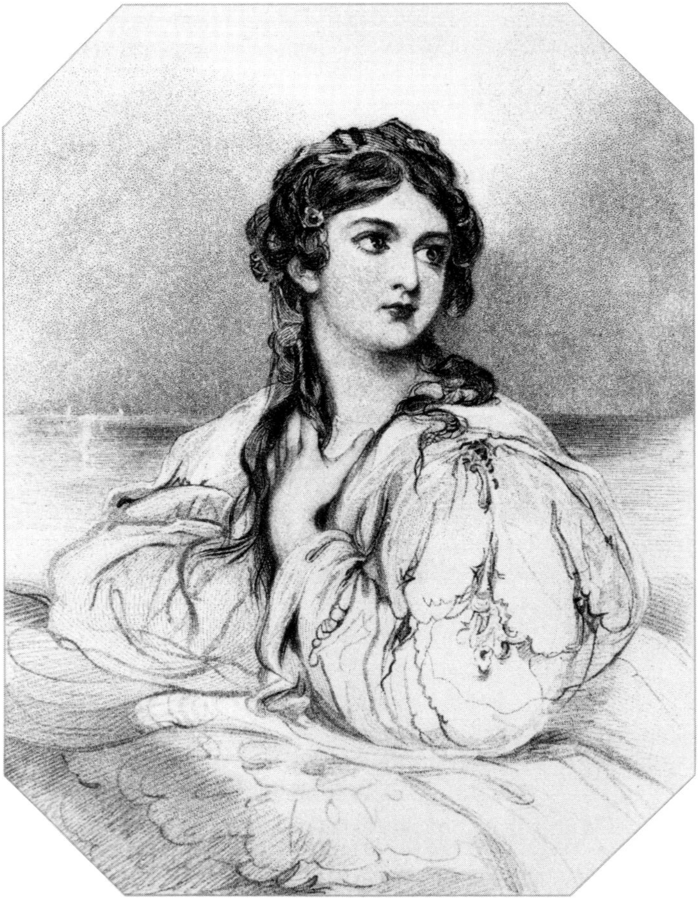

苔丝狄蒙娜

《奥瑟罗》

　　我曾在上文中提到，罗密欧的性格中包含着一些哈姆莱特的特点。事实上，一种北方的严肃在这个炽烈的心灵上投下了她的侧影。如果将朱丽叶和苔丝狄蒙娜相比较，前者身上同样存在着北方因素，在她狂热的激情中，她仍然保持着自我意识，并以清醒的自我意识控制着她的行为。朱丽叶爱着，思考着并行动着，而苔丝狄蒙娜则是爱着，感觉着并听从着，不是她自己的意志，而是更强烈的激情。她的过人之处在于，恶对她的高尚天性不能像善一样强加任何压力。她大概会永远待在她父亲的宫殿里，做一个乖孩子，操持家务吧。但摩尔人的声音灌进了她的耳中，尽管她低垂着双眼，却从他的话语中，在他的讲述中，或者如她自己所说，"在他的心灵中"……看到了他的容貌，而这受难的、高尚的、俊秀的、白色灵魂的容貌，给她的心施加了无法抗拒的魅力。是的，他说对了，她的父亲，那个智慧的元老勃拉班旭先生说，这个羞涩的温柔的孩子竟会被摩尔人所吸引，不害怕那个丑陋的黑色假面。大多数人认为，那是奥瑟罗的真面目，这真是一种强大的魔力……

朱丽叶的爱是主动的，苔丝狄蒙娜的爱是被动的。她好像一株向日葵，不知道自己在绕着那个高高的白日星旋转。她是一个真正的南方姑娘，温柔，敏感，宽容，像梵文诗篇中那些可爱的、温柔的、闪耀着如梦幻一般光彩的、有着细长身材和大眼睛的女性。她永远使我想到印度的莎士比亚——伽利陀娑的沙恭达罗。

感谢英国铜雕家为我们雕刻了苔丝狄蒙娜的肖像，或许他想让她的大眼睛表现出强烈的激情。但我却认为，正如前文所提及的，容貌和性格的对比，会散发出一种有趣的魅力。无论如何，这张脸是非常美丽的，一定会使写出下列诗句的作者称心如意，因为它会令人想起那个高贵的爱人，她从未过分追求过他的容貌，而是通过他的灵魂看到了它……

> 她的父亲很看重我，常常请我到他家里。
> 他询问我生活的经历，
> 一年又一年；被围困，战争
> 和我再一次经历过的命运，
> 从我的少年时期起
> 一直到他要我讲的这个时期，
> 我全都告诉了他。我讲起
> 最可怕的经历，

讲起海上和陆上的令人动容的遭遇，
千钧一发的脱险，
我怎样被傲慢的敌人俘虏为奴；
又怎样逃脱
以及我在途中的种种见闻；
广大的岩洞，荒凉的沙漠，
突兀的崖山，丘陵，耸立的山峰，
以及相食的野蛮部落，以及
肩下生头的民族。
讲到这种事情时，苔丝狄蒙娜
总是非常好奇，
虽然她总是离座去做家务，
但总是尽快赶完；
回来仔细倾听我的讲述。
我觉察到这一点，选择了一个合适的
时机，套出了她心中的愿望：
她希望我能够详尽地告诉她整个的经历，
她只是断断续续地听过，却不完整。
我满足了她，
她听的时候往往落泪，
当我讲到我少年时所受的不幸的打击！
讲完以后，

> 她用无数的叹息酬劳我的努力。
> 她发誓说,那是非常奇异而悲惨的;
> 她希望她没有听到这些故事,
> 可是又希望上天
> 也为她造下这样一个男子。她向我道谢,
> 并请求,倘若我有一个朋友爱上了她,
> 我只要教他怎样讲述我的故事,
> 然后就可以得到她的爱情。我听了这样一个暗示:
> 才向她吐露我的求婚的诚意。
> 她为了我所经历的种种患难而爱我,
> 我为了她对我所抱的同情而爱她。*

据说这部悲剧是莎士比亚晚年的作品,正如《泰特斯·安德洛尼克斯》被看作他的处女作一样。这两部作品所偏爱的主题是:一个美丽的妇人对一个丑陋的摩尔人的激情。这个成熟的男人又回到了年轻时代一度缠绕他的问题。他现在真的找到答案了吗?这个答案真实而美妙吗?有时我想,就苔丝狄蒙娜对摩尔人的爱情而言,伊阿古的恶意曲解未必全然不对。每当我跟这种想法妥协时,一种忧郁的哀愁便会袭上我的心头。但是,最使我感到厌恶的是,还是奥瑟罗关于他妻子的尸首的说法。

---

* 本段诗体译文为本书译者所译,后半部分参考朱生豪译本。

正如在《泰特斯·安德洛尼克斯》和《奥瑟罗》中所看到的，有关对一个摩尔人的爱情，我们在《一千零一夜》也可以找到一个奇异而又意味深长的例子：一个美丽的王妃，同时是一个女巫，把她的丈夫捆绑得像一尊不动的石像一样，每天用鞭子抽打他，原因是他杀死了自己的情人，一个丑陋的黑人。这个王妃在停放黑人尸体的床榻旁，哀声痛哭，令人心碎，她施展法术，让黑人的身体保持着一种好像活着的样子，用充满绝望的吻将全身吻遍，并且还想通过一种更利害的法术，通过爱，把他从朦胧的半死状态唤回到完全的、真实的生命中来。早在孩提，当我阅读阿拉伯童话时，这个热烈而不可思议的爱情形象，就已让我惊讶不已了。

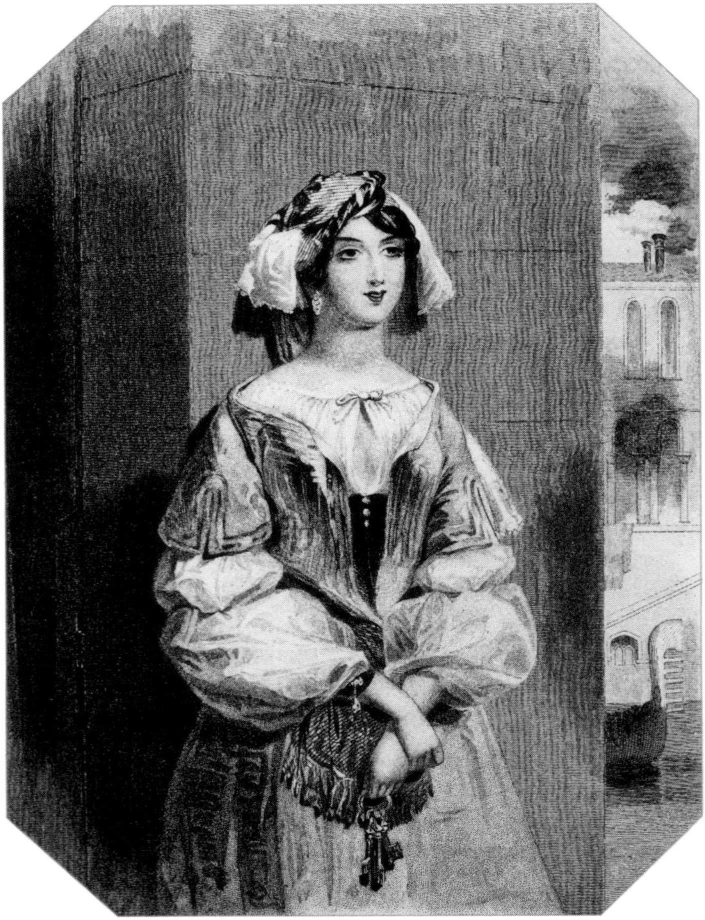

杰西卡

《威尼斯商人》

当我在特鲁利街观看这部戏剧的演出时，包厢里有一位美丽而脸色苍白的英国女人站在我的身后，到第四幕结束时，她激动地哭了起来，不断大声叫道："冤枉啊，可怜的人！"这是一张极高贵的脸，具有希腊人的轮廓，眼睛又大又黑。而这双为夏洛克流泪的又大又黑的眼睛，我永远也无法忘怀。

每当我想起那些眼泪，便不由得把《威尼斯商人》看作一部悲剧了，尽管这部戏剧从头到尾都点缀着最快乐的假面、萨蒂尔的形象和小爱神，而且诗人本也想创作一部喜剧来着。也许莎士比亚为了取悦大众，存心想描写一个训练有素的狼人。这个令人可憎的虚构人物，充满杀机，嗜血成性，他因此而失去了自己的女儿和金币，并受到人们的嘲笑。但是，诗人的天才和寓居于他身上的世界精神，始终使他超越其个人的意愿。于是，在夏洛克身上，尽管他揭示出了种种显而易见的丑陋行为，但他仍然为一个不幸的教派作了辩护。

这个教派，或是由于天意，或是出于某种神秘的原因，为下层和上层民众所怨恨，而他们从不以爱去回报这种恨。

难道我不是可以这样说吗？莎士比亚的天才更是超越了两个教派的无聊纷争，他的戏剧为我们所描写的，既不是犹太人也不是基督徒，而是压迫者和被压迫者，是后者在加倍偿还那些专横跋扈的折磨者对他们的侮辱时所发出痛苦的恶吼声。在这部戏剧里，没有丝毫的宗教分歧，莎士比亚在夏洛克身上表现的只是这样的一个人，其天性必然要求他去憎恨他的敌人。同样，他也绝没有把安东尼奥和他的朋友描写成这样一种教义的信徒，即去爱你们的敌人。当夏洛克对那个向他借钱的人说下面一番话时：

> 安东尼奥先生，好多次您在交易所里骂我，说我盘剥取利，我总是忍气吞声，耸耸肩膀，没有跟您争辩，因为忍受迫害本来是我们民族的特色。您骂我异教徒，杀人的狗，把唾沫吐在我的犹太长袍上，只因为我用自己的钱博取几个利息。好，看来，现在是您来向我求助了：您跑来见我，您说，"夏洛克，我们要几个钱，"您这样对我说。您把唾沫吐在我的胡子上，用您的脚踢我，好像我是您门口的一条野狗一样；现在您却来向我要钱，我应该怎样对您说呢？我要不要这样说，"一条狗会有钱吗？一条恶狗能够借人三千块钱吗？"或者我应不应该弯下身子，像一个奴才似的低声下气，恭恭敬敬地说，"好先生，您在上星期

三用唾沫吐在我身上；有一天您用脚踢我；还有一天您骂我是狗；为了报答您这许多恩典，所以我应该借给您这么些钱吗？"

安东尼奥回答：

我恨不得再这样骂你、唾你、踢你。

这哪里还有什么基督教的爱！当莎士比亚让那些与夏洛克敌对的连为他解鞋带都不配的人来代表基督教时，说实话，他或许已经讽刺了基督教。破产的安东尼奥是一个软弱无能的人，既没有强烈的恨，也没有强烈的爱，不过是一个内心阴暗的可怜虫，他的肉除了"用来钓鱼"之外，就没有更好的用途了。他压根不会向被欺骗的犹太人偿还借贷的三千金币。巴萨尼奥也没有把钱还给他，照一位英国批评家的说法，此人是一个地地道道为了财产而向有钱女人求婚的家伙，他向人借钱，是为了把自己打扮得漂漂亮亮，以便得到一桩富有的婚事，捞到一份丰厚的嫁奁；他对他的朋友说：

安东尼奥，您知道得很清楚，我怎样为了维持我外强中干的体面，把一份微薄的资产都挥霍光了；现在我对于家道中落、生活紧缩，倒也不怎么在乎了；我最大的烦恼是怎样可以解脱我背上这一重重由于挥霍而积欠下来的债务。

说到罗伦佐，他是一桩无耻至极的入室偷盗的同谋犯，根据普鲁士的法律，可判他十五年牢狱，烙上火印，在广场上公开示众，尽管此人所感兴趣的不仅仅是金币和珠宝，而且还喜欢欣赏自然风物、月光中的景色和音乐。至于作为安东尼奥伙伴出场的其他高尚的威尼斯人，他们似乎也不十分憎恶金钱。对于他们的穷朋友，当其陷入不幸时，他们除了空话和让人画饼充饥外，一个子儿也不会给。对此，我们善良的虔诚派信徒弗兰茨·霍恩倒做过一个虽淡而无味，却也是十分公允的评价："这里要提出的问题是：安东尼奥如此倒霉，究竟是怎么弄到这步田地的？整个威尼斯都认识他，尊敬他，他的亲朋好友无一不清楚那张可怕的财产转让书，也清楚犹太人不会删掉其中的一项条款。尽管如此，他们仍日复一日地蹉跎，最后三个月过去了，任何挽救的希望都随之消失。这位慷慨的商人似乎是好友如云，由他们凑三千块金币，来挽救一个人的生活——仅仅是一个人的生活——也许只是举手之劳；但此类事情总是不那么如意，所以这些亲爱的好朋友，正因为只是所谓朋友，或者愿意如此称呼的话，只是二分之一或四分之三的朋友，都袖手旁观、坐视不管。他们同情这位从前为他们举办过豪华筵宴的卓越的商人，但却努力避免由此而产生的麻烦，于是只能逞口舌之快，去骂一骂夏洛克，如此一来，就既不会招致危险，还让人以为他们尽了做朋友的责任。尽管我们不得不憎恨夏洛克，但如果他对那些人能表示那么一点儿鄙视（他是能够做到的），我们也就不会去责怪他了。是的，他最后似乎也把葛莱西安诺同那些人混在一起，列入一类，当他以刺耳的声音表达对过去的无所作为和今天的夸夸其谈不满时：

> 除非你能够把我这一张契约上的印章骂掉，否则像你这样拉开喉咙直嚷，不是白白伤了你的肺，何苦来呢？好兄弟，我劝你还是让你的脑子休息一下吧，免得它损坏了，将来无法收拾。我在这儿要求法律的裁判。"

或者，可以把朗西洛特·高波看作是基督教的代表？不同寻常的是，关于基督教，除了在这个恶棍和他的女主人的一次谈话中，莎士比亚从未在任何地方有过如此明确的表达。针对杰西卡的这番话：

> 我可以靠着我的丈夫得救；他已经使我变成一个基督徒了。

朗西洛特·高波回答说：

> 这就是他大大的不该。咱们本来已经有很多的基督徒，简直快要挤不下啦；要是再这样把基督徒一批一批制造出来，猪肉的价钱一定会飞涨，大家吃起猪肉来，恐怕每人只好分到一片薄薄的咸肉了。

真的，除了鲍西娅，夏洛克是整部戏中最可敬的人物。他爱金钱，也不隐瞒这种爱，他在公共市场上把它叫喊出来……但却有某种东西，他看得比金钱还崇高，这就是满足他那颗受到伤害的心，公平地报复那些难以言状的辱骂。尽管有人愿意十倍地向他偿还借款，可他拒绝了，他并不在乎三千块、三万块金币，只要用它能买来他的敌对者的一磅心头肉。"你要这块肉干什么用？"萨拉里诺问他。他回答道：

拿来钓鱼也好；即使他的肉不中吃，至少也可以出出我这一口气。他曾经羞辱过我，夺去我几十万块钱的生意，讥笑我的亏蚀，挖苦我的盈余，侮蔑我的民族，破坏我的买卖，离间我的朋友，煽动我的仇敌；他的理由是什么？只因为我是一个犹太人。难道犹太人没有眼睛吗？难道犹太人没有五官四肢，没有知觉，没有感情、没有血气吗？他不是吃着同样的食物，同样的武器可以伤害他，同样的医药可以疗治他，冬天同样会冷，夏天同样会热，就像一个基督徒一样吗？你们要是用刀剑刺我们，我们不是也会出血吗？你们要是搔我们的痒，我们不是也会笑起来吗？你们要是用毒药谋害我们，我们不是也会死的吗？那么要是你们欺侮了我们，我们难道不会复仇吗？要是在别的地方我们都跟你们一样，那么在这一点上也是彼此相同的。要是一个犹太人欺侮了一个基督徒，那基督徒怎样表现他的谦逊？报仇。要是一个基督徒欺侮了一个犹太人，那么照着基督徒的榜样，那犹太人应该怎样表现他的宽容？报仇。你们已经把残虐的手段交给我，我一定会照着你们的教训实行，而且还要加倍奉敬哩。

不，夏洛克虽然爱金钱，但有些东西他却更爱，其中就有他的女儿，"杰西卡，我的孩子"。虽然他在怒火冲天时大声地咒骂她，宁愿看见她死在自己的脚下，耳朵上挂着珠宝，棺材里装满金币，但他爱女儿胜过爱一切金币和珠宝。这个可怜的犹太人，从公共生活、从基督教社会，被逐回到了幸福而温馨的狭小的家庭范围，此时对于他来说，唯一剩下的就是对家庭的感情，这种感情以最动人的热忱在他身上表现出来。他的妻子，他的莉娅从前赠送给他的绿玉指环，就是用"一大群猴子"来交换，他也不会出让。在庭审一幕中，巴萨尼奥对安东尼奥说了如下一番话：

我爱我的妻子，就像我自己的生命一样；可是我的生命、我的妻子以及整个的世界，在我的眼中都不比你的生命更为贵重；我愿意丧失一切，把它献给这恶魔做牺牲，来救出你的生命。

葛莱西安诺同样补充说：

我有一个妻子，我可以发誓我是爱她的；可是我希望她马上归天，好去求告上帝改变这恶狗一样的犹太人的心。

这时在夏洛克内心升起了对于他女儿命运的担忧，她已经在那些为了朋友便会牺牲自己妻子的人们中间托付了终身，他不是大声地，而是"在一旁"自言自语道：

> 这些便是相信基督教的丈夫！我有一个女儿，我宁愿她嫁给强盗的子孙，不愿嫁给一个基督徒！

这一节引文，这一段轻言轻语，说明我们为何要责备美丽的杰西卡。她所离弃的，她所掠夺的，她所背叛的父亲，并非是一个残酷无情的父亲……可耻的背叛啊！她甚至与夏洛克的敌对者们伙同起来，当这些人在贝尔蒙特对夏洛克恶语相向之时，杰西卡并没有垂下眼睛，嘴唇也没有发白，而是最恶毒地毁谤她的父亲……真是大逆不道！她冷若冰霜，没有情感，只有冒险的意识。在苦行的犹太人那紧闭的、"清白的"房屋里，她感到百般无聊，对于她，这房屋仿佛就是一座地狱。轻浮的心全然为乐鼓和弯笛的欢快的声音所招引。这里莎士比亚是想描写一个犹太女人吗？当然不是。他所描写的只是夏娃的一个女儿，一只美丽的鸟儿，当她羽毛丰满时，就会飞出父亲的窝巢，去寻找她所爱的情郎。苔丝狄蒙娜就是这样跟摩尔人走的，伊摩琴也是这样跟普修默斯走的。这是女人的习惯。如果让杰西卡穿男装，从她的脸上就会发现一种难以掩饰的羞怯。

也许从这种表情中，人们可以看到那种罕见的童贞，这种童贞是她的部族所特有的，并赋予了这个部族的女子们一种神奇的魅力。犹太人的童贞也许是她们自古以来对东方的感官和性崇拜进行斗争的结果，这种崇拜曾经在她们的邻人——埃及人、腓尼基人、亚述人、巴比伦人中间蔚成风气，经过不断的变化，一直保存到了今天。我几乎想说，犹太人是一个禁欲的、节制的、抽象的民族，在道德纯洁性方面，它同日耳曼民族最接近。在犹太人和日尔曼人那里，女人的贞洁也许不具有任何绝对价值，但它的表现却给人留下最可爱、最优美、最动人的印象。例如，在西姆布赖人和条顿人战败之后，他们的女人恳求马略不要把她们交给他手下的士兵，而交给维斯塔的女祭司当奴隶，这件事听起来真是催人泪下。

显而易见，在犹太人和日尔曼人这两个讲究道德的民族之间，存在着一种密切的亲和力。这种亲和力在历史的进程中发生，并非是因为整个日耳曼世界把犹太人的伟大家谱和《圣经》作为教科书，也不是因为犹太人和日尔曼人从一开始就是罗马人的不共戴天的敌人，即天然的同盟者，而是有着更深刻的原因。两个民族原本就十分相似，以致可以把当年的巴勒斯坦看作东方的德国，正如应当把今天的德国看作《圣经》的祖国、预言的家乡、纯粹精神的城堡。

然而，不仅德国具有巴勒斯坦的形貌，而且其他欧洲国家也在向犹太人看齐。我之所以说"看齐"，乃是因为在犹太人身上，从一开始就蕴含着只是今天才在欧洲各民族那里清晰显现出来的现代原则。

希腊人和罗马人都热烈地依附于故土，依附于祖国。后来从北方进入希腊和罗马世界的移民则依附于他们的统领。在中世纪，臣民对君主的忠诚和依附代替了古代的爱国主义。但犹太人从来只依附于法律，依附于抽象的思想，正如我们现代的世界共和主义者，既不把祖国也不把君主，而是把法律奉为至高无上者。确实，世界主义原本就是从犹太人的土壤中萌芽的，基督（一个地道的犹太人，尽管这样说令前面提到的那个汉堡杂货商人感到不愉快）从一开始就宣传世界大同的主张。至于犹太人的共和主义，我记得在约瑟夫斯的书中读到，在耶路撒冷有一些共和主义者，他们反对具有帝王思想的希律人，斗争无比英勇，不对任何人称"主"，他们极其仇恨罗马的专制主义，自由和平等是他们的宗教。这是怎样的幻想啊！

在欧洲，直到今天我们还可以看到，在摩西律法和基督教义的信徒之间存在的仇恨，关于这种仇恨，从特殊中直观一般的诗人，在《威尼斯商人》中，为我们提供了一幅图像。但究竟什么是仇恨的最终原因呢？难道是创世之初因为礼拜仪式的不同，而在该隐与亚伯之间爆发的那种原初的兄弟仇恨吗？抑或宗教根本上是个借口？难道人们是为仇恨而相互仇恨，正如是为爱而相互爱？这种怨恨究竟哪一方负有责任呢？为回答这个问题，我们不得不公布一段私信，也为夏洛克的对手做个辩解：

> 我并不谴责普通人民想要迫害犹太人的那种仇恨，我

所谴责的只是酿成仇恨的不幸的错误。就实质而言，人民总是正确的，无论他们的恨还是他们的爱，总是有一种完全正确的本能作为基础，只是他们不知道正确地表述他们的感觉，他们的怨恨常常不是对事，而是对人，即为时间和空间的失调而负罪的无辜的羔羊。人民遭受贫困，缺乏生活享受的资料，尽管国教的牧师使人民确信，"人生在世不免遭受贫乏，必须服从官府而忍饥挨渴"，但人民却仍然有需要享受资料的隐秘的渴望。他们仇恨那些不择手段聚敛财富的人，他们仇恨富人，只要宗教允许他们尽情地发泄仇恨，他们就会兴高采烈。普通人民只恨犹太人中间的财主，总是大堆的金钱引发他们对犹太人的愤怒。每一时代精神总是为那种仇恨提供一种口号。在中世纪，这种口号带有天主教教会的阴暗色调，人们杀害犹太人，抢劫他们的房屋。"因为他们将基督钉在十字架上"——那么按照同样的逻辑，在圣多明各，一些身披黑皮的基督徒在屠杀的时候，高举着耶稣基督的受难像四处奔走，疯狂地叫喊："白人杀死了他，让我们杀死白人吧！"

朋友，您会笑话可怜的黑人吧。我可以肯定，西印度群岛的殖民者那时并没有笑，而是像几百年前欧洲的犹太人一样，他们被杀戮掉，以向耶稣基督赎罪。但是，圣多明各的黑人基督徒同样是对的！白人生活奢华，养尊处优，而黑人却辛辛苦苦、满头大汗地为他们劳动，获得的回报只是一点点米粉和无数的鞭打，黑人就是普通人民。

我们不再生活在中世纪，普通人民也日渐开化，他们不再把犹太人一下子打死，不再用宗教来美化他们的仇恨。在我们这时代，不再有单纯的宗教狂热，传统的怨恨，用现代的话语乔装打扮起来，平民们在啤酒馆如在下议院一样，用商业的、工业的、科学的乃至哲学的论据指责犹太人。只有狡猾的伪君子今天仍然给他的仇恨抹上一层宗教的色彩，并为了基督而去迫害犹太。大多数人坦率地承认，这里显然有物质利益的原因，他们千方百计地想要阻止犹太人发挥其实业才干。例如，在法兰克福，每年只允许二十四个摩西教信徒结婚，以免他们人口日益增长，给基督教的商人带来过于强大的竞争。这里暴露出了仇恨犹太人的真正原因和真实面目，在这个面目上见不到教士阴沉而狂热的表情，而是一个店老板的沮丧而又狡猾的表情，他们害怕自己在生意场上胜不过精明的以色列商人。

然而，这种经商对他们产生威胁，难道是犹太人的罪过吗？所谓罪过完全在于中世纪的人误解了实业意义的虚妄之见，他们把商业看作某种不高尚的事，甚至把货币交易视为某种可耻的事，由此也就把实业部门最能盈利的部分，即货币交易交在了犹太人手上。当犹太人被排除在所有其他行业之外时，他们也就必然地成了精打细算的商人和银行家。人们迫使他们变得富有，然后又因他们的富有而仇恨他们。虽然现在基督教已放弃对实业的偏见，基督徒也同样在商业和企业中成为了大骗子，并变得和犹太人同样富有，但相沿成习的民族仇恨仍然笼罩在犹太人身上，人民居然把他们看作财主的代表，仇恨他们。您瞧，在世界历史上，每个人都是对的，不管是铁锤还是铁砧。

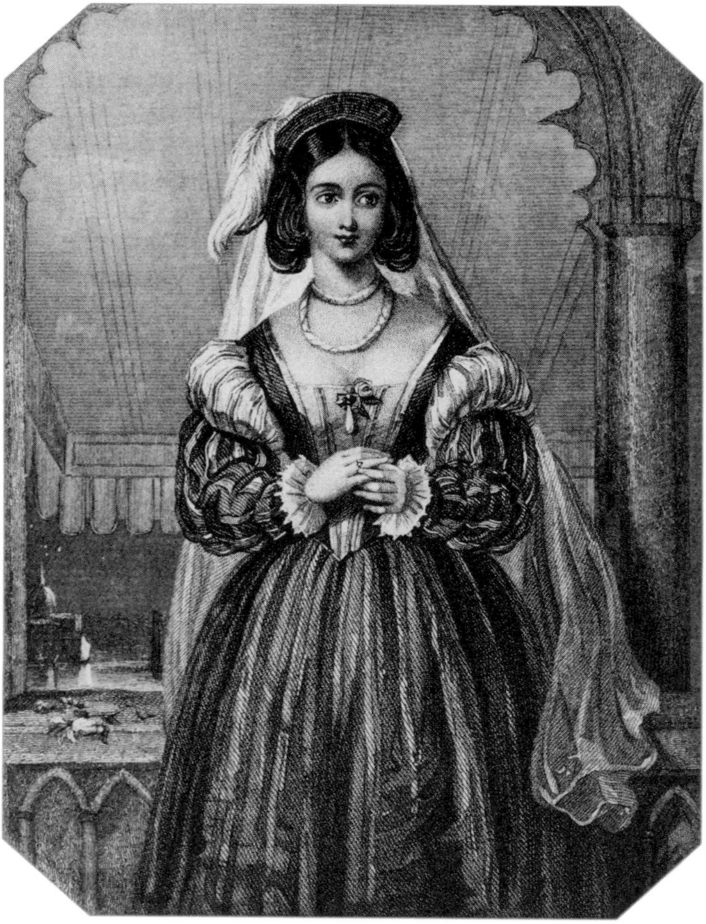

鲍西娅

《威尼斯商人》

看来，所有的艺术评论家都已为夏洛克令人惊异的性格所眩惑和束缚，其结果是对鲍西娅这个人物未免有失公允，因为夏洛克的性格特征并不比鲍西娅的性格特征更丰满、更完美。这两个耀眼的人物都是可敬的，他们共同并存于迷人诗篇和豪华形式的丰盈的魅力之中。正像华美的提香挂在伦勃朗身边一样，鲍西娅也挂在那个可怕的、无情的犹太人身边，她的光芒与夏洛克的巨大阴影形成明显的反差。

莎士比亚在许多女性人物身上浇铸的那种可人的特征，鲍西娅也有她相应的一部分，她除了一般女性具有的端庄、和蔼和温存之外，还有她与众不同的禀赋：资质超人、感情热烈奔放、坚定果断、能为周围一切人创造欢乐的气氛。这些都是天生。但她还有另外一些显著的外部特征，则是由她所处的地位和周围的环境产生的。例如，她出身于名门望族，有万贯家财；她的周围始终有一群一呼百应、俯首听命的人；她从小就呼吸着一种芬芳馥郁的空气。因此，这个一出生就集荣华和富贵于一身的人，其一言一行都显露出一种咄咄逼人的优雅，一种高尚尊严的妩媚，一种才华横溢的灵性。她悠然地漫步在大理石的宫殿里，在金碧辉煌的天花板下，在镶嵌着碧玉和斑岩的杉木地板上，在有雕像、花卉、泉水和轻柔悦耳的音乐的花园中。她充满深刻的智慧、纯真的温情和敏捷的机智。而且正因为她没有贫困，无忧无虑，不知何为失败，所以她的智慧毫无阴暗浑浊的痕迹。她的内心活动充满了信仰、希望、欢乐，她的机智不掺杂丝毫的恶意和尖刻。

上文是我从詹森夫人的作品《道德的、诗的和历史的妇女性格》中引来的。这本书只谈到莎士比亚笔下的妇女，上述引文证明了这位女作者的才华，她大概有苏格兰血统。在谈到鲍西娅时，她把她与夏洛克相对照，其所言不仅是美妙的，而且是真实的。倘若我们按照流行的看法，把夏洛克看作僵化的、严肃的、敌视艺术的犹太人的代表，那么在我们看来，鲍西娅似乎就是那个重新绽放的希腊精神的代表。在十六世纪，希腊精神之花从意大利向全世界散布它迷人的芳香，至今仍在"文艺复兴"的名称下，为我们喜爱和珍视。夏洛克是阴郁的失败的体现，而鲍西娅则是明朗的幸福的体现。她的一切思想和谈吐是多么的丰富、惬意、纯正，她的语言是多么的意趣盎然，她多半是从神话中借用来的形象是多么的优美！相反，夏洛克那充满了《旧约》的比喻的思想和言谈却是何等阴沉、刻薄和粗陋啊！他的机智是痉挛的、尖刻的，他的比喻来自于最令人讨厌的事物，甚至他的词语是挤压出来的噪音，尖锐刺耳。有其人，必有其居。如果我们看到，这个耶和华的仆人在他的"清白的房间"里，既不允许挂一幅神像，也不允许挂一幅按照神像画的人像，甚至还把房间的耳朵，即窗户堵上，不让异教徒化装舞会的声音进入他"清白的房间"里来……那么，在另一方面我们却看到，在贝尔蒙托宫殿里的那种富丽堂皇、优雅闲适的生活，那里灯火通明、乐声缭绕，盛装华服的求婚者在油画、大理石雕像和高大的月桂树中间漫步，欲火中烧，苦思冥想着爱情的谜语，而鲍西娅就像一个女神，在良辰美景中光芒四射。

闪亮的秀发覆盖着太阳穴。

通过这种对比，剧中的这两个主要人物凸显出了各自不同的个性，我们可以发誓说，这不是一个诗人的幻想的形象，而是真实的、有血有肉的人。是的，我们觉得，他们似乎比普通的自然造物更富于生命，因为时间和死亡都对他们无可奈何，他们的血管里流动着不朽的血液、永恒的诗。如果你到威尼斯来，在杜尔宫里漫步，你就会清楚地知道，你不会在元老院里，也不会在巨大的台阶上遇见马里诺·法利里。诚然，你在军械库里会想起年迈的丹多洛，但你却不会在金光闪耀的战船上寻找到那位双目失明的英雄。如果你在圣街的一个角落看见一条石雕的长蛇，在另一个街角看见一只带翼的狮子，用爪子把蛇头抓住，那么你也许就会想起骄傲的卡尔玛诺拉，但这只是刹那之间！然而，在威尼斯，你会更多地想起莎士比亚的夏洛克，而不是所有这些历史人物，当他们在坟墓中早已腐烂时，夏洛克却永远活着——如果你登上运河的廊桥，你的眼睛就无处不在寻找他，以为会在任何一个石柱后面找得到他，他穿着犹太人的裙子，脸上露出疑神疑鬼、斤斤计较的神情。你有时甚至相信听到了他那尖锐刺耳的声音："三千块金币——好！"

至少，一个像我这样漂泊的寻梦者曾在廊桥上四处张望时，看看是否能找到他，那个夏洛克。我想告诉他一些能让他高兴的事儿，例如他的堂兄，巴黎的夏洛克先生已经成为基督教界最有影响力的巨头，并从教皇那里荣获了伊莎贝拉勋章，这勋章从前是为了表彰把犹太人和摩尔人驱逐出西班牙而创设的。但在廊桥上，哪儿也没有发现他，因而我决定去犹太寺庙里探访故人。犹太人正在这里庆祝他们的赎罪节，他们伫立着，身裹素服，神情阴郁、摇头晃脑，看上去仿佛是一群幽灵在集会。可怜的犹太人，他们从一大清早就站在那里，斋戒和祈祷。从前一天傍晚起，他们就不吃也不喝，而且还预先请求所有的熟人宽恕他们在一年当中对他们的伤害，以求上帝宽宥他们的罪恶。这些同基督教义格格不入的人中间，这一美妙的风俗竟以奇异的方式流传开来！

我一边四处寻找老夏洛克，一边全神贯注地观察所有犹太人的苍白而表情痛苦的脸，这时我突然有了一个发现，可惜我不能不把它说出来。那就是，在同一天，我曾访问过圣卡洛疯人院，而现在在犹太会堂里，我忽然发现，在犹太人的眼睛里，闪烁着同一种悲苦的、半凝视、半游移、半狡猾、半呆痴的目光，它就是我刚刚在圣卡洛从疯人眼睛中曾见到的。这种难以描绘的、谜一般的目光与其说是精神错乱的状态，不如说是由一种固执观念的统治所致。例如，对摩西所说的那个超越世界的雷神的信仰不是已经成为整个民族的固定观念了吗？这个民族尽管两千年来被裹在拘束衣中，用凉水浇身，但它仍然不愿意放弃这个观念，就像我在圣卡洛看到的那个发疯的律师，他一直不停地说，太阳是一块英国干酪，它的光线是由红色的蠕虫构成的，这样一条投射下来的光虫正蛀蚀着他的大脑。

我这样说，绝不是要否定那个固定观念的价值，而只是想说，这一观念的承担者太软弱了，他们非但不能主宰它，反而却受到它的压制，以致变得无可救药。为了这个观念，他们已经受了巨大的苦难！他们还会面临更大的苦难！想到这一点，我不禁毛骨悚然，内心涌流出一股无限的同情。从整个中世纪一直到今天，占统治地位的世界观和摩西强加在犹太人身上、用神圣的皮带系在他们身上、刻画进他们肉体的那个观念并不是直接矛盾的。是的，他们与基督教徒和伊斯兰教徒没有本质的不同，他们之间的不同不在于对立的综合，而只是在于经文的诠释和鉴定语的不同。但是，如果罪恶的撒旦和罪恶的泛神论（但愿《新约》《旧约》和《古兰经》的所有圣者们让我们免受它的侵害）一旦获胜，那么在可怜的犹太人的头上，就会落下一场远远超过以往任何一次忍受程度的使他们惨遭迫害的暴风雨……

尽管我在威尼斯的犹太会堂四下寻找，但无论在哪儿，我都没有看见夏洛克的面貌。可我仍然觉得，他就藏在那里，在任何一件白色的长袍下面，他的祈祷比别的信徒更热忱、狂热、激烈的祈祷声直向严酷的神王耶和华的王座上升！我没有看见他。但是，临近黄昏，按照犹太人的信仰，当天堂的大门关闭，不再进行祈祷时，我突然听到了一个声音，里面滚动着泪水，好像不是从眼睛里哭出的……这是一种连石头也会为之生出同情心的啜泣……这是只有从保存着全部苦难——一千八百年来一个备受折磨的民族所承受的苦难——的心胸中才能发出的哀号……这是一个精疲力竭而倒在天堂大门之前的灵魂的喘息……这个声音我是多么熟悉啊，我仿佛曾听见它充满绝望的哀叹："杰西卡，我的孩子！"

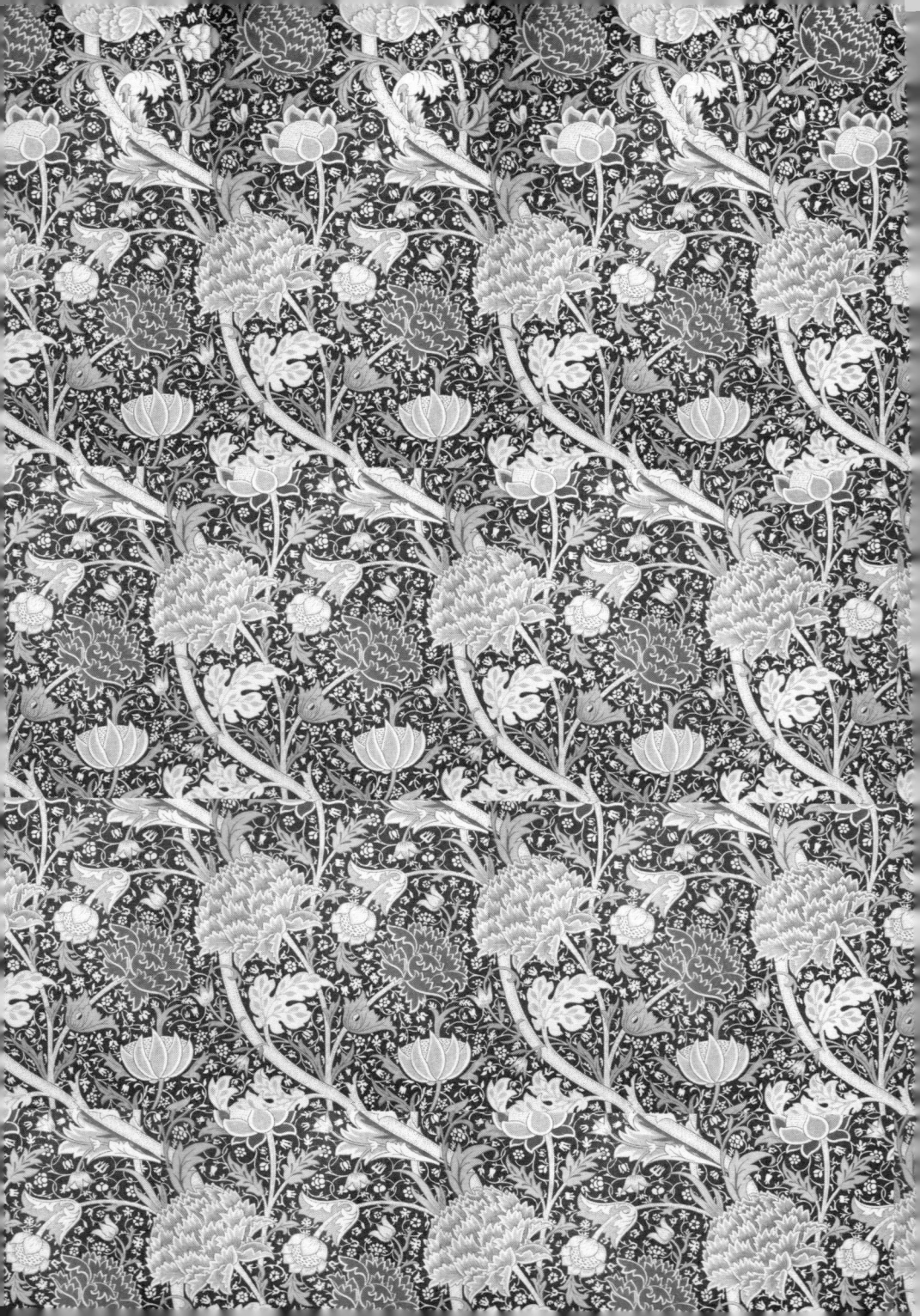

喜 剧

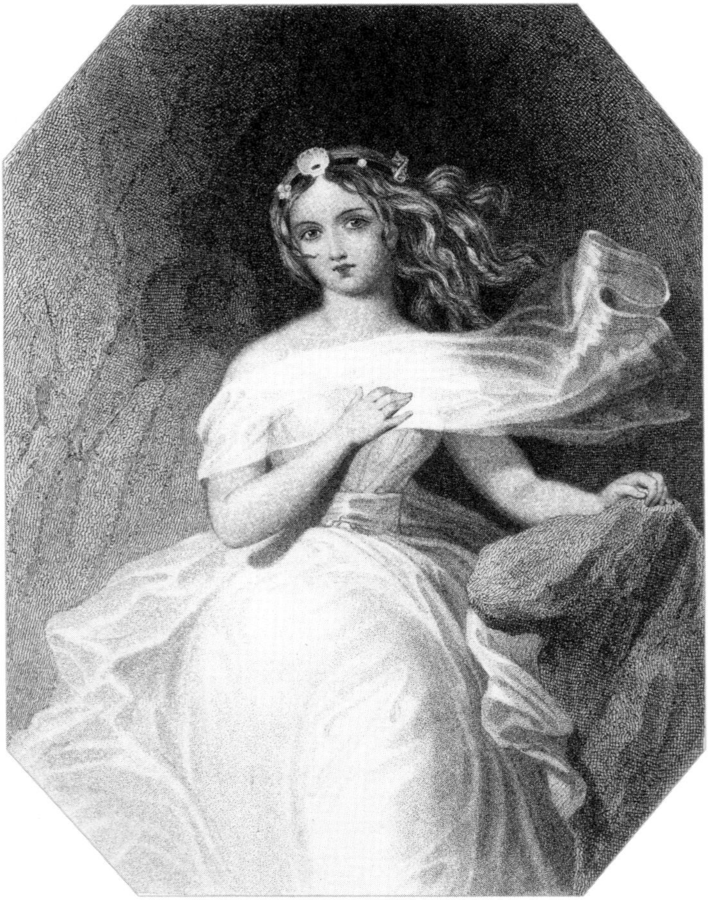

米兰达

《暴风雨》

第三幕 第一场

腓迪南　　你为什么哭起来了呢？

米兰达　　因为我是太平凡了，我不敢献给你我所愿意献给你的，更不敢从你接受我所渴望得到的。但这是废话；越是掩饰，它越是显露得清楚。去吧，羞怯的狡狯！让单纯而神圣的天真指导我说什么话吧！要是你肯娶我，我愿意做你的妻子；不然的话，我将到死都是你的婢女：你可以拒绝我做你的伴侣；但不论你愿不愿意，我将是你的奴仆。

腓迪南　　我最亲爱的爱人！我永远低首在你的面前。

米兰达　　那么你是我的丈夫吗？

腓迪南　　是的，我全心愿望着，如同受拘束的人愿望自由一样。握着我的手。

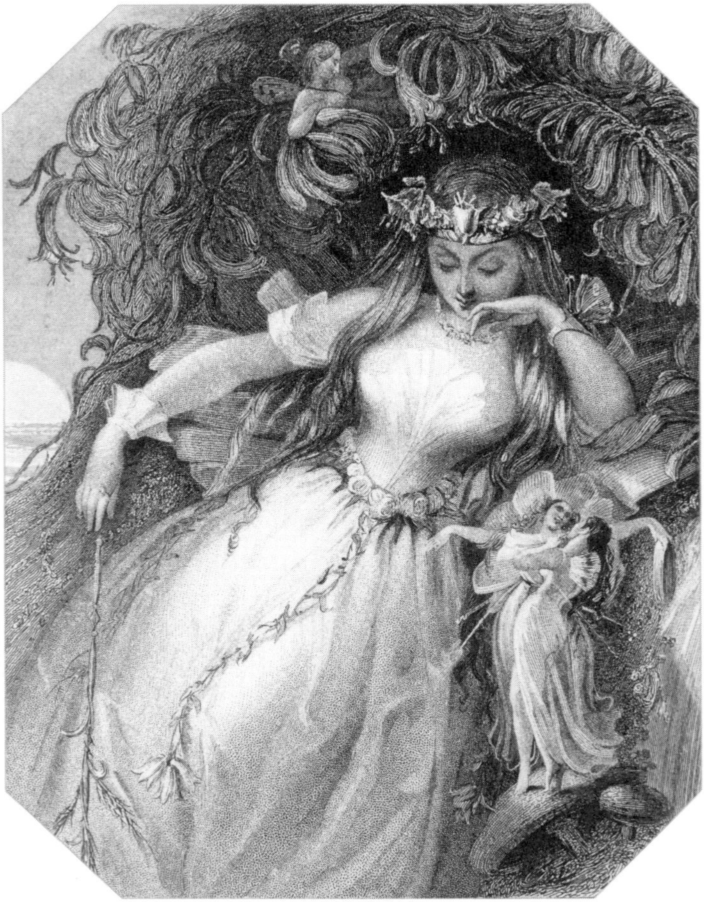

提泰妮娅

《仲夏夜之梦》

第二幕 第二场

提泰妮娅 　来，跳一回舞，唱一曲神仙歌，然后在一分钟内余下来的三分之一的时间里，大家散开去；有的去杀死麝香玫瑰嫩苞中的蛀虫；有的去和蝙蝠作战，剥下它们的翼革来给我的小妖儿们做外衣；剩下的去驱逐每夜啼叫、看见我们这些伶俐的小精灵们而惊骇的猫头鹰。现在唱歌给我催眠吧；唱罢之后，大家各做各的事，让我休息一会儿。

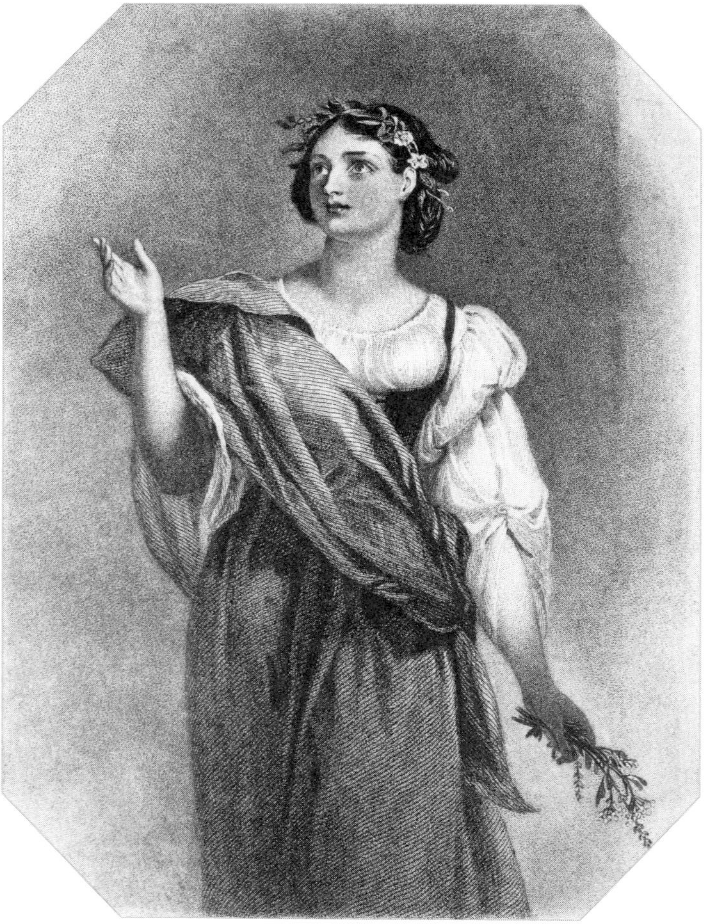

潘狄塔

《冬天的故事》

第四幕 第三场

潘狄塔 ……把你们的花儿拿了！我简直像他们在圣灵降临节扮演的牧歌戏里一样放肆了；一定是我这身衣服改变了我的性情。

弗罗利泽 无论你做什么事，总比已经做过的更为美妙。当你说话的时候，亲爱的，我希望你永远说下去。当你歌唱的时候，我希望你做买卖的时候也这样唱着，布施的时候也这样唱着，祈祷的时候也这样唱着，管理家政的时候也这样唱着。当你跳舞的时候，我希望你是海中的一朵浪花，永远那么波动着，再不做别的事。你的每一个动作，在无论哪一点上都是那么特殊地美妙；每看到一件眼前的事，都会令人以为不会有更胜于此的了；在每项事情上你都是个女王。

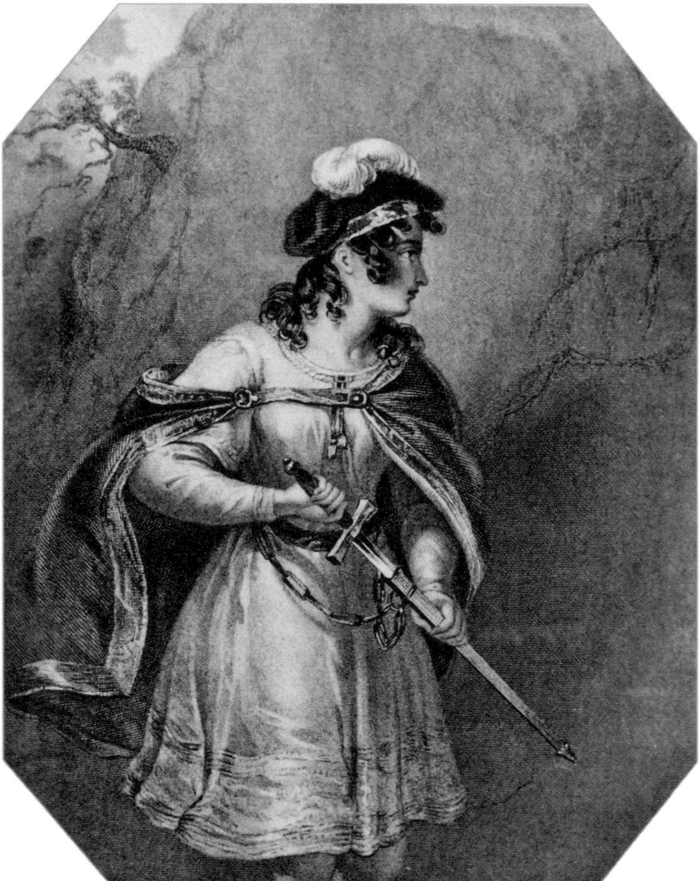

伊摩琴

《辛白林》

第二幕 第二场

伊摩琴　　神啊，我把自己依仗你们的保护，求你们不要用精灵鬼怪侵扰我的梦魂！（睡；阿埃基摩从箱中出。）

阿埃基摩　　蟋蟀们在歌唱，人们都在休息之中恢复他们疲劳的精神。我们的塔昆正是这样蹑手蹑脚，轻轻走到那被他毁坏了贞操的女郎的床前。维纳斯啊，你睡在床上的姿态是多么优美！鲜嫩的百合花，你比你的被褥更洁白！要是我能接触一下她的肌肤！要是我能给她一个吻，仅仅是一个吻！无比美艳的红玉，化工把她们安放得多么可爱！散布在室内的异香，是她樱唇中透露出来的气息。蜡烛的火焰向她的脸上低俯，想要从她紧闭的眼睫之下，窥视那收藏了的光辉。

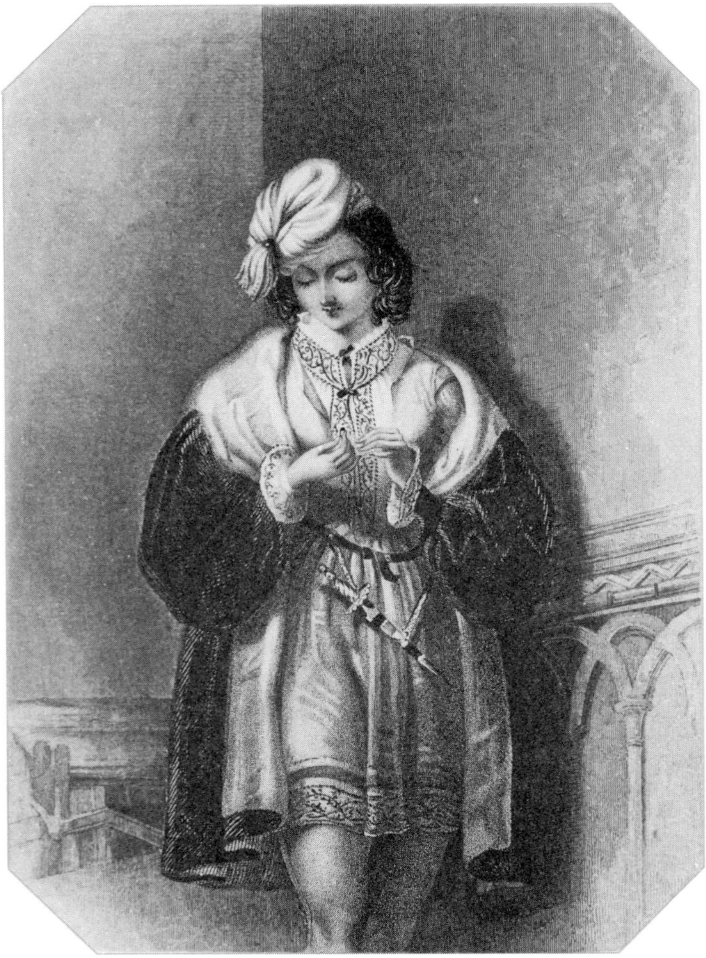

朱利娅

《维洛那二绅士》

第四幕 第四场

朱利娅　　有几个女人愿意干这样一件差事？唉，可怜的普洛丢斯！你找到一头狐狸来替你牧羊了。唉，我才是个傻子！他那样厌弃我，我为什么要可怜他？他因为爱她，所以厌弃我；我因为爱他，所以不能不可怜他。这戒指是我们分别的时候我要他永远记得我而送给他的；现在我这不幸的使者，却要替他求讨我所不愿意他得到的东西，转送我所不愿意送去的东西，称赞我所不愿意称赞的忠实。我真心爱着我的主人，可是我倘要尽忠于他，就只好不忠于自己。没有办法，我只能为他前去求爱，可是我要把这件事情干得十分冷淡，天知道，我不愿他如愿以偿。

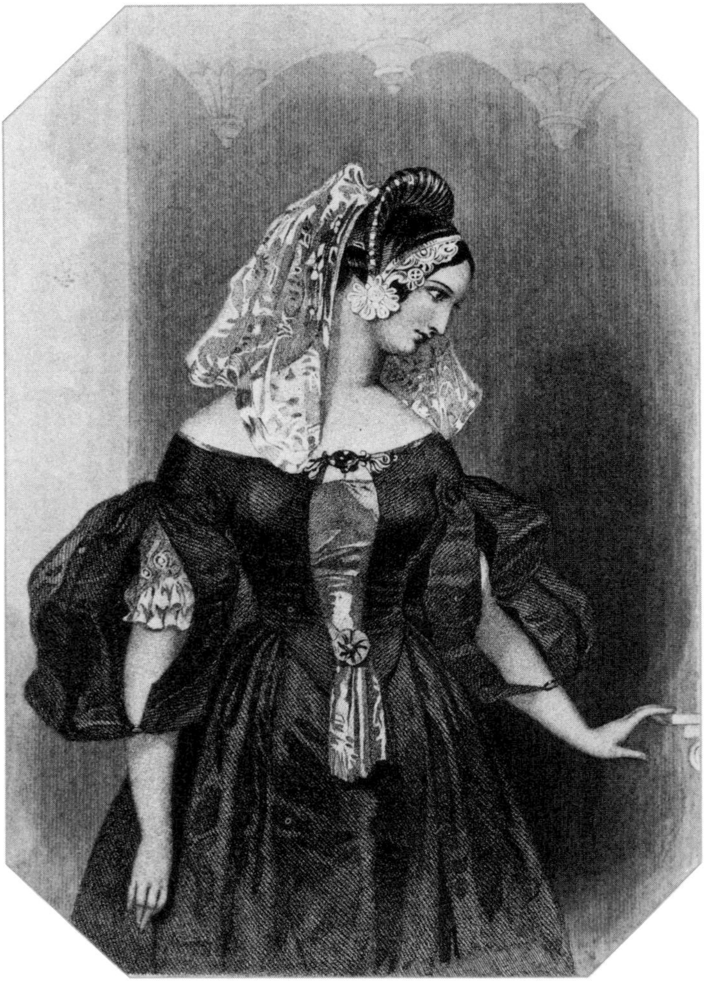

西尔维娅

《维洛那二绅士》
第四幕 第四场

西尔维娅　　听了你的话,我也要流起泪来了。孩子,为了你那好小姐的缘故,我给你这几个钱,因为你是爱她的。再见。

朱利娅　　　你要是认识她的话,她也会因您的善心而感谢您的。(西尔维娅及侍从下)她是一位贤淑美丽的贵家女子。她这样关切着朱利娅,看来我的主人向她是没有多大希望的。唉,爱情是多么善于愚弄它自己!这是一幅她的画像,让我瞻仰一番。我想我要是也有这样一顶帽子,我这面庞和她比起来也是一样可爱;可是画师似乎是把她的美貌格外润色了几分,否则就是我自己太顾影自怜了。她的头发是赭色的,我的是纯粹的金黄;他如果就是为了这一点差别而爱她,那么我愿意装上一头假发。她的灰色的眼睛像水晶一样清澈,我的眼睛也是一样;可是我的额角比她的高些。爱神倘不是盲目的,那么我有哪一点赶不上她?

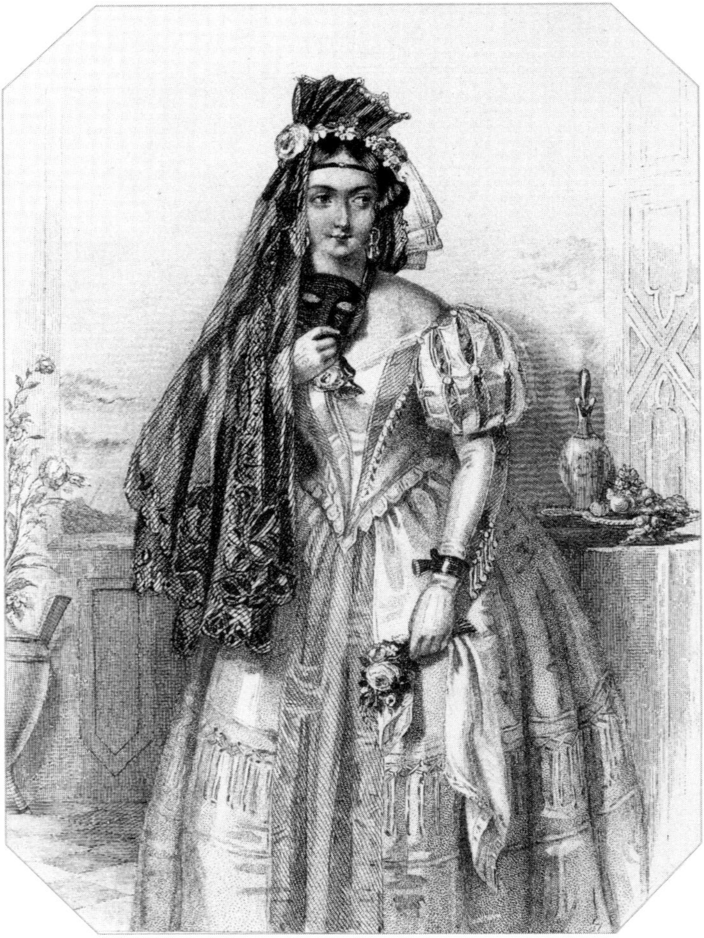

希　罗

《无事生非》

第四幕 第一场

神父　　小姐，他说你跟什么人私通？

希罗　　他们这样说我，他们一定知道；我可不知道。要是我违背了女孩儿家应守的礼法，跟任何不三不四的男人来往，那么让我的罪恶得不到宽恕吧！啊，父亲！您要是能够证明有哪个男人在可以引起嫌疑的时间里跟我谈过话，或者我在昨天晚上曾经跟别人交换过言语，那么请您斥逐我、痛恨我、用酷刑处死我吧！

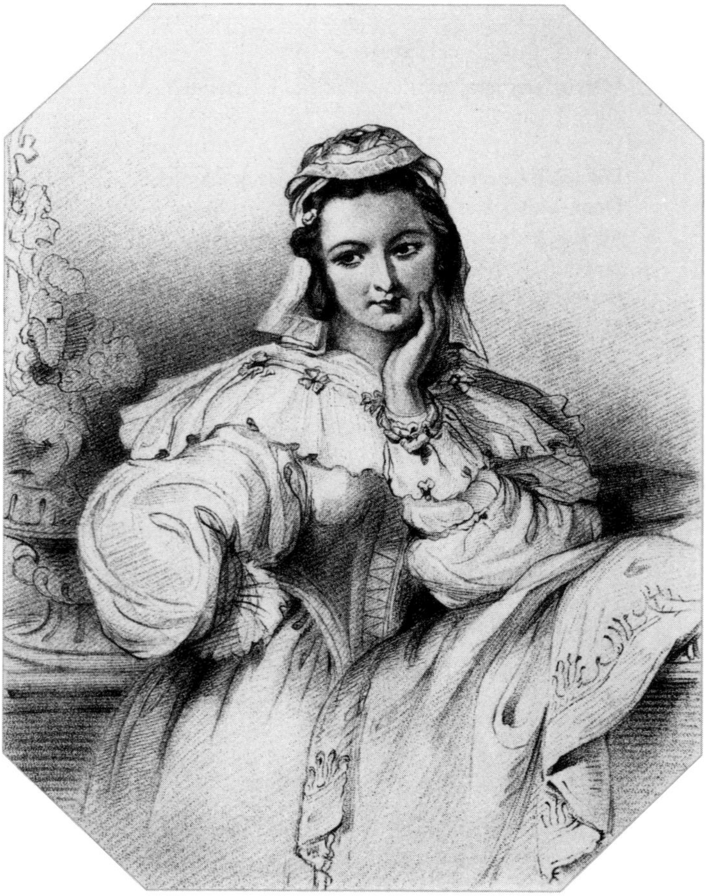

贝特丽丝

《无事生非》

第三幕 第一场

希罗　　可是造物造下的女人的心,没有一颗比得上贝特丽丝那样骄傲冷酷的;轻蔑和讥嘲在她的眼睛里闪耀着,把她所看见的一切贬得一文不值。她因为自恃才情,所以什么都不放在她的眼里。她不会恋爱,也从不想到有恋爱这件事;她是太自命不凡了。

　　　　……

欧苏拉　真的,这种吹毛求疵可不敢恭维。

希罗　　是呀。像贝特丽丝这样古怪的不近人情,真叫人不敢恭维。可是谁敢去对她这样说呢?要是我对她说了,她会把我讥笑得无地自容,用她的俏皮话儿把我揶揄死呢!所以还是让培尼狄克像一堆盖在灰里的火一样,在叹息中熄灭了他的生命的残焰吧;与其受人讥笑而死——这就像痒得要死那样难熬——还是不声不响的闷死了好。

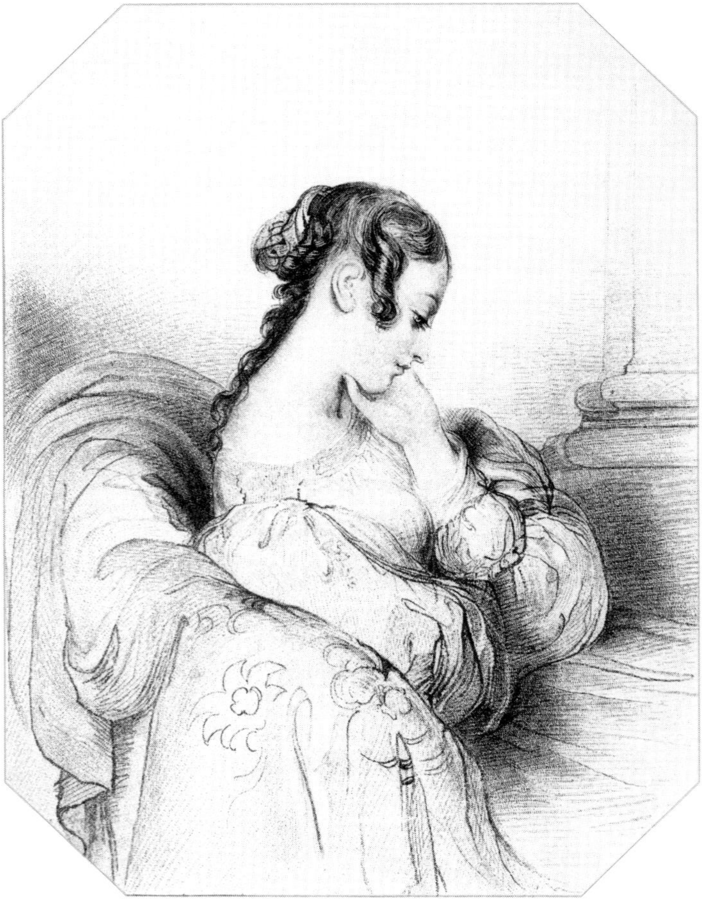

海丽娜

《终成眷属》

第一幕 第三场

海丽娜　　既然如此,我就当着上天和您的面前跪下,承认我是爱着您的儿子,并且爱他胜过您,仅次于爱上天。我亲友虽然贫寒,却都是正直的人;我的爱情也是一样。不要因此而恼怒,因为他被我所爱,对他并无损害;我并不用僭越名分的表示向他追求,在我不配得到他的眷爱以前,决不愿把他占有,虽然我不知道怎样才可以配得上他。我知道我的爱是没有希望的徒劳,可是在这罗网一样千孔万眼的筛子里,依然把我如水的深情灌注下去,永远不感到干涸。我正像印度人一样虔信而执迷,我崇拜着太阳,它的光辉虽然也照到它的信徒身上,却根本不知道有这样一个人存在。我的最亲爱的夫人,不要因为我爱了您所爱的人而憎恨我……

178

西莉娅

《皆大欢喜》

第一幕 第二场

罗瑟琳　　妹妹,从今以后我要高兴起来,想出一些消遣的法子。让我看;你想来一下子恋爱怎样?

西莉娅　　好的,不妨作为消遣。可是不要认真爱起人来;而且玩笑也不要开得过度,羞羞答答脸红了一下子就算了,不要弄到丢了脸摆不脱身。

罗瑟琳　　那么我们作什么消遣呢?

西莉娅　　让我们坐下来嘲笑那位好管家太太命运之神,叫她羞得离开了纺车,免得她的赏赐老是不公平。

罗瑟琳　　我希望你们能够这样做,因为她的恩典完全是滥给的。这位慷慨的瞎眼婆子在给女人赏赐的时候尤其是乱来。

西莉娅　　一点不错,因为她给了美貌,就不给贞洁;给了贞洁,就只给丑陋的相貌。

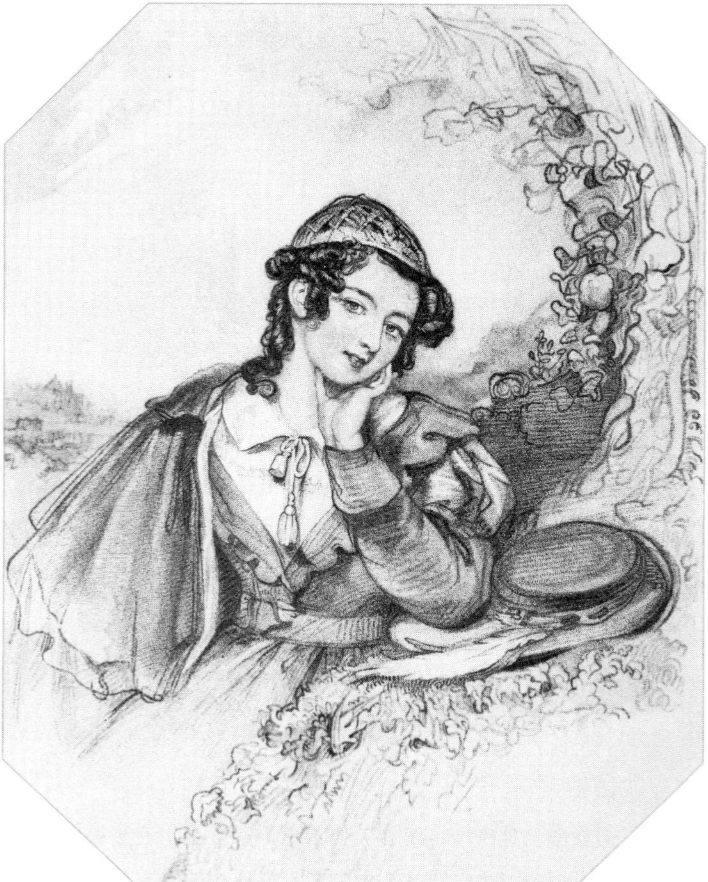

罗瑟琳

《皆大欢喜》

第三幕 第二场

西莉娅　　你有没有听见这种诗句?

罗瑟琳　　啊,是的,我都听见了。真是大块文章;有些诗句里多出好几步,拖都拖不动。

西莉娅　　那没关系,步子可以拖着诗走。

罗瑟琳　　不错,但是这些步子自己就不是四平八稳的,没有诗韵的帮助,简直寸步难行;所以只能勉强塞在那里。

西莉娅　　但是你听见你的名字被人家悬挂起来,还刻在这种树上,不觉得奇怪吗?

罗瑟琳　　人家说一件奇事过了九天便不足为奇;在你没有来之前,我已经过了第七天了。瞧,这是我在一株棕榈树上找到的。自毕达哥拉斯的时候以来,我从不曾被人用诗句咒过;那时我是一只爱尔兰的老鼠,现在简直记也记不起来了。

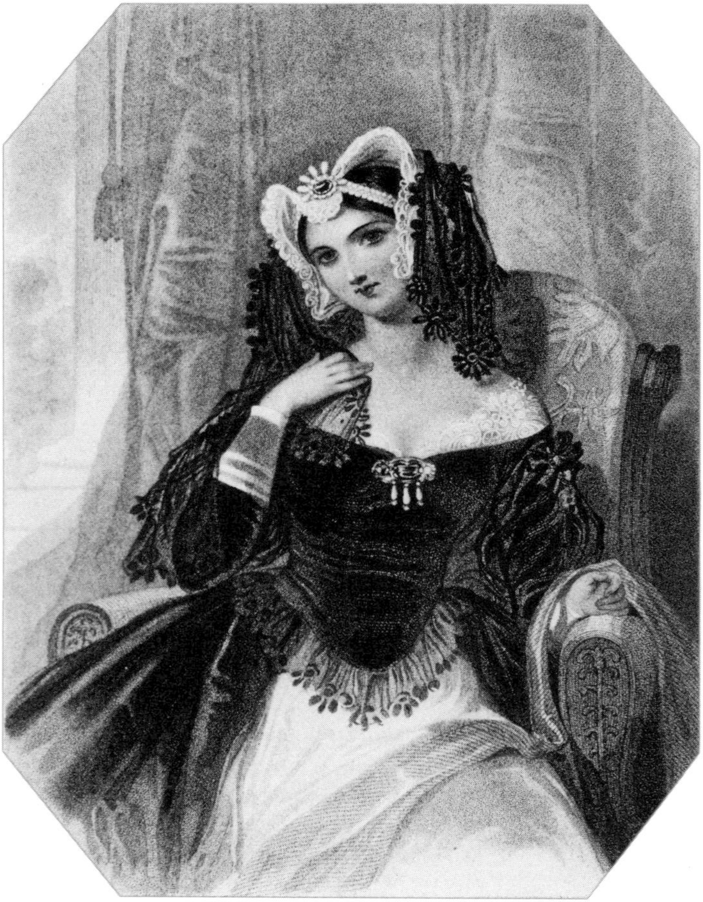

奥丽维娅

《第十二夜》

第一幕 第五场

薇奥拉　　好小姐,让我瞧瞧您的脸。

奥丽维娅　贵主人有什么事要差你来跟我的脸接洽的吗?你现在岔开你的正文了;可是我们不妨拉开幕儿,让你看看这幅图画。(揭除面幕)你瞧,先生,我就是这个样子;它不是画得很好吗?

薇奥拉　　要是一切都出于上帝的手,那真是绝妙之笔。

奥丽维娅　它的色彩很耐久,先生,受得起风霜的侵蚀。

薇奥拉　　那真是各种色彩精妙地调和而成的美貌;那红红的白白的都是造化亲自用他的可爱的巧手敷上去的。小姐,您是世上最忍心的女人,要是您甘心让这种美埋没在坟墓里,不给世间留下一份副本。

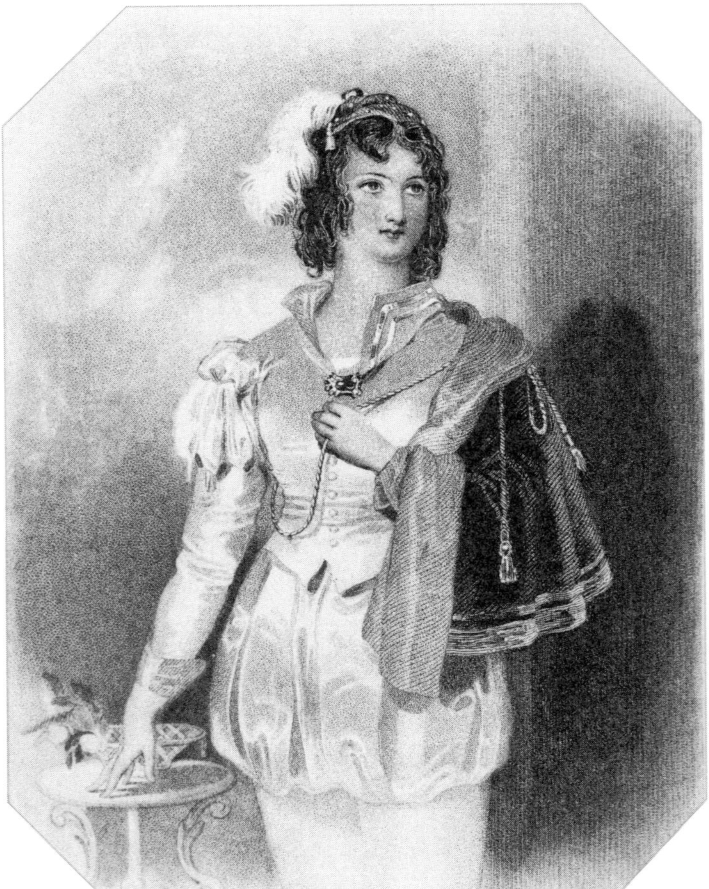

薇奥拉

《第十二夜》

第二幕 第四场

薇奥拉　　我的父亲有一个女儿,她爱上了一个男人,正像假如我是个女人也许会爱上了您殿下一样。

公爵　　　她的历史怎样?

薇奥拉　　一片空白而已,殿下。她从来不向人诉说她的爱情,让隐藏在内心中的抑郁像蓓蕾中的蛀虫一样,侵蚀着她的绯红的脸颊;她因相思而憔悴,疾病和忧愁折磨着她,像是墓碑上刻着的"忍耐"的化身,默坐着向悲哀微笑。这不是真的爱情吗?我们男人也许更多话,更会发誓,可是我们所表示的,总多于我们所决心实行的;不论我们怎样山盟海誓,我们的爱情总不过如此。

公爵　　　但是你的姐姐有没有殉情而死,我的孩子?

薇奥拉　　我父亲的女儿只有我一个,儿子也只有我一个……

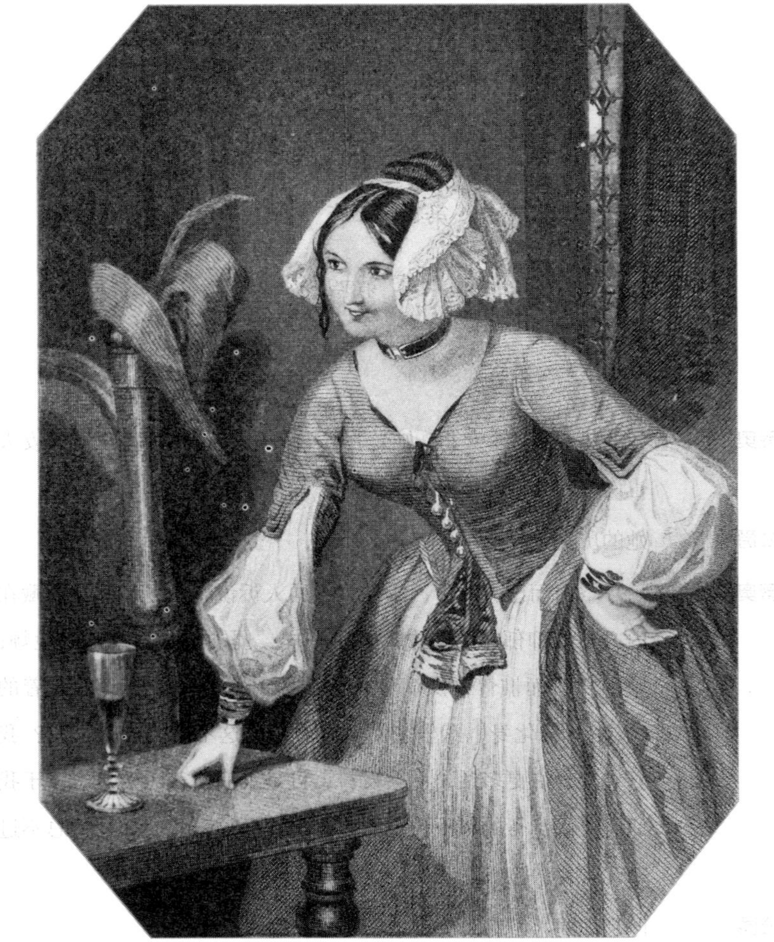

玛利娅

《第十二夜》

第一幕 第三场

安德鲁　　……好小姐，你以为你手边是些傻瓜吗？

玛利娅　　大人，可是我还不曾跟您握过手呢？

安德鲁　　那很好办，让我们握手。

玛利娅　　好了，大人。思想是无拘无束的。请您把这只手带到卖酒柜台那里去，让它喝两盅吧。

安德鲁　　这怎么讲，好人儿？你在打什么比方？

玛利娅　　我是说它怪没劲的。

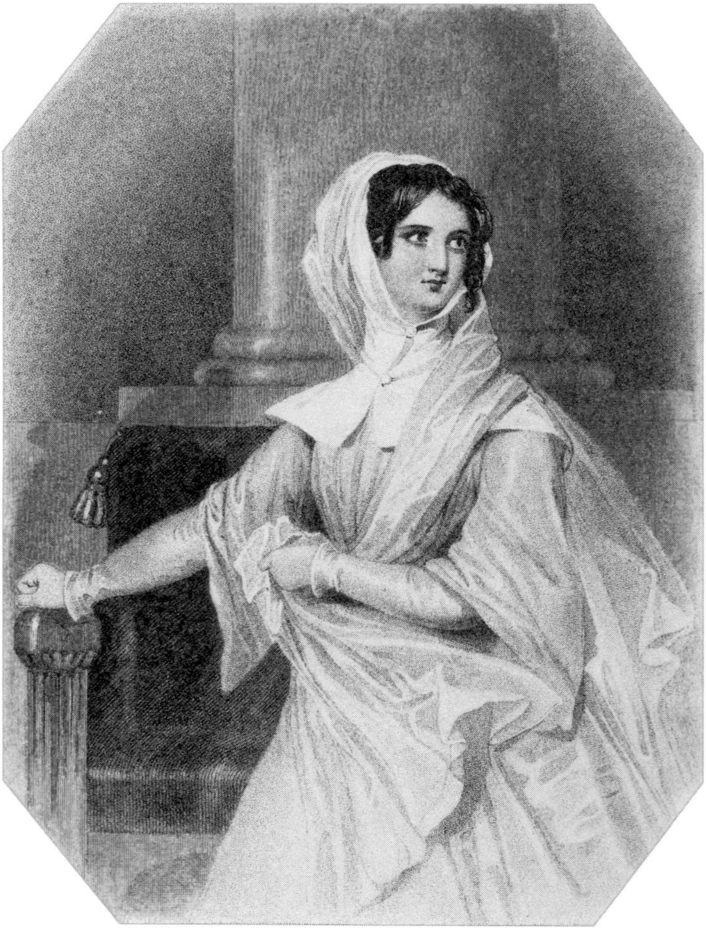

依莎贝拉

《一报还一报》

第二幕 第四场

安哲鲁　　我现在要这样问你，你的兄弟已经难逃一死，可是假使有这样一条出路——其实无论这个或任何其他做法。当然都不可能，这只是为了抽象地说明问题——假使你，他的姊姊，给一个人爱上了，他可以授意法官，或者运用他自己的权力，把你的兄弟从森严的法网中解救出来，唯一的条件是你必须把你肉体上最宝贵的一部分献给此人，不然他就得送命，那么你预备怎样？

依莎贝拉　为了我可怜的弟弟，也为了我自己，我宁愿接受死刑的宣判，让无情的皮鞭在我身上留下斑斑血迹，我也会把它当作鲜明的红玉；即使把我粉身碎骨，我也会从容就死，像一个疲倦的旅人奔赴他渴慕的安息，我却不让我的身体蒙上羞辱。

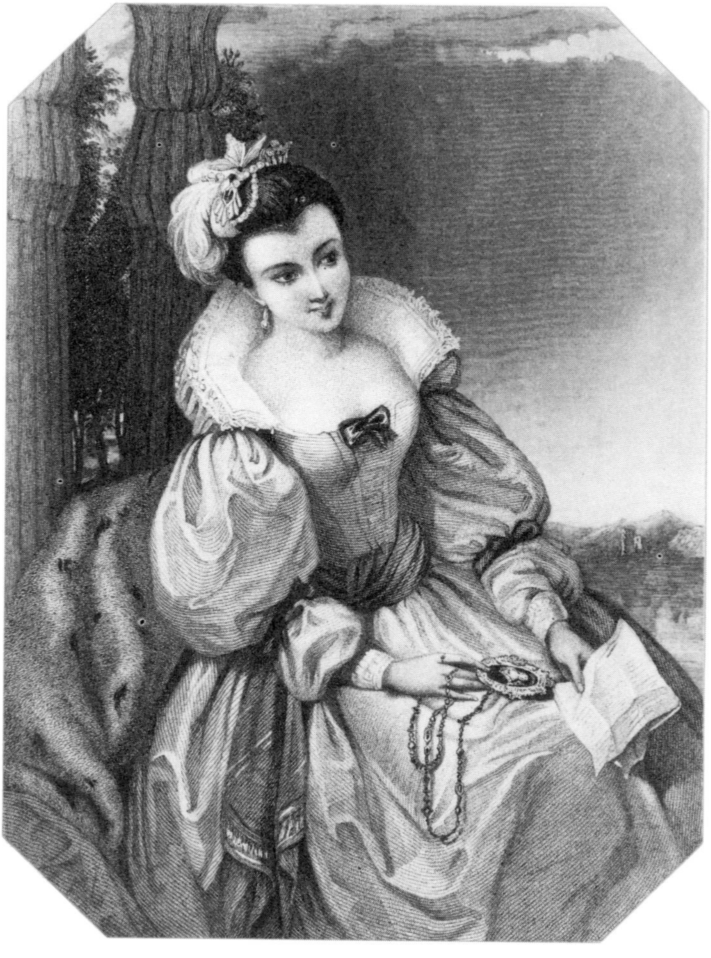

法国公主

《爱的徒劳》
第四幕 第一场

考斯塔德　　列位好！请问这儿哪一位是头儿脑儿小姐？

公主　　　　朋友，你只要看别人都是没有头颅脑袋的，就知道哪一个是她了。

考斯塔德　　哪一位小姐是顶大顶高的？

公主　　　　她就是顶胖的顶长的一个。

考斯塔德　　顶胖的，顶长的！对了，一点儿没有错儿。小姐，要是您的腰身跟我的心眼儿一样细，您就可以套得上这几位小姐们的腰带。您不是他们的首领吗？您在这儿是顶胖的一个。

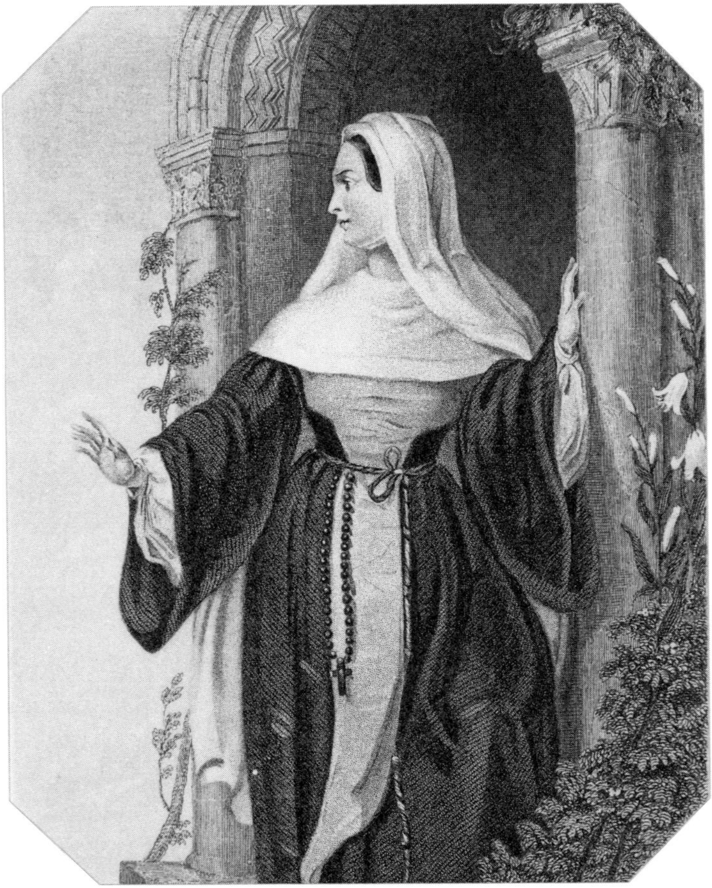

住持尼

《错误的喜剧》

第五幕 第一场

住持尼　　所以他才疯了。妒妇的长舌比疯狗的牙齿更毒。他因听了你的詈骂而失眠,所以他的头脑才会发昏。你说你在吃饭的时候,也要让他饱听你的教训,所以害得他消化不良,郁积成病。这种病发作起来,和疯狂有什么两样呢?你说他在游戏的时候,也因为你的谯诃而打断了兴致。一个人既然找不到慰情的消遣,他自然要闷闷不乐,心灰意懒,百病丛生了。吃饭游戏休息都要受到烦扰,无论是人是畜生都会因此而发疯。你的丈夫是因为你的多疑善妒,才丧失了理智的。

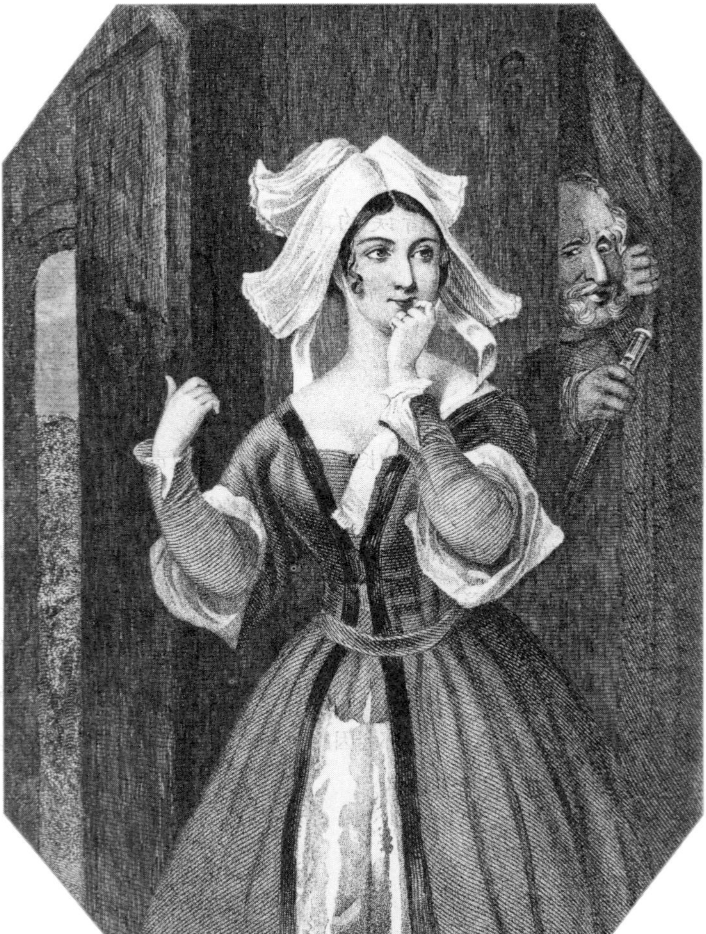

培琪大娘

《温莎的风流娘儿们》

第二幕 第二场

桂嫂　　那真是笑话了！她们怎么会这样不怕羞把这种事情告诉人呢？要是真有那样的事，才笑死人哩！可是培琪娘子要请您把您那个小童儿送给她，因为她的丈夫很喜欢那个小厮；天地良心，培琪大爷是个好人。在温莎这地方，谁也不及培琪大娘那样享福啦；她要做什么，就做什么，爱说什么，就说什么，要什么有什么，不愁吃，不愁穿，高兴睡就睡，高兴起来就起来，什么都称她的心；可是天地良心，也是她自己做人好，才会有这样的好福气。在温莎这地方，她是位心肠再好不过的娘子了。您千万要把您那童儿送给她，谁都不能不依她。

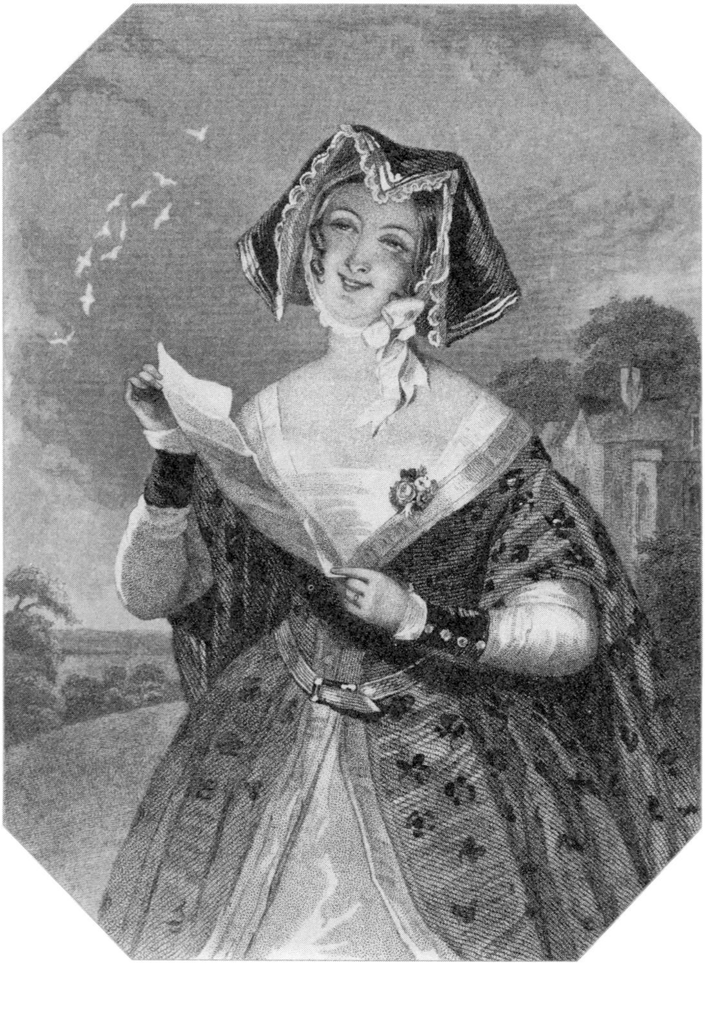

福德大娘

《温莎的风流娘儿们》

第一幕 第三场

福斯塔夫　　休得取笑,毕斯托尔!我这腰身的确在两码左右,可是谁跟你谈我的大腰身来着,我倒是想谈谈人家的小腰身呢——这一回,我谈的是进账,不是出账。说得干脆些,我想去吊福德老婆的脖子,我觉得她对我很有几分意思;她跟我讲话的那种口气,她向我卖弄风情的那种姿势,还有她那一瞟一瞟的脉脉含情的目光,都好像在说:"我的心是福斯塔夫爵士的。"

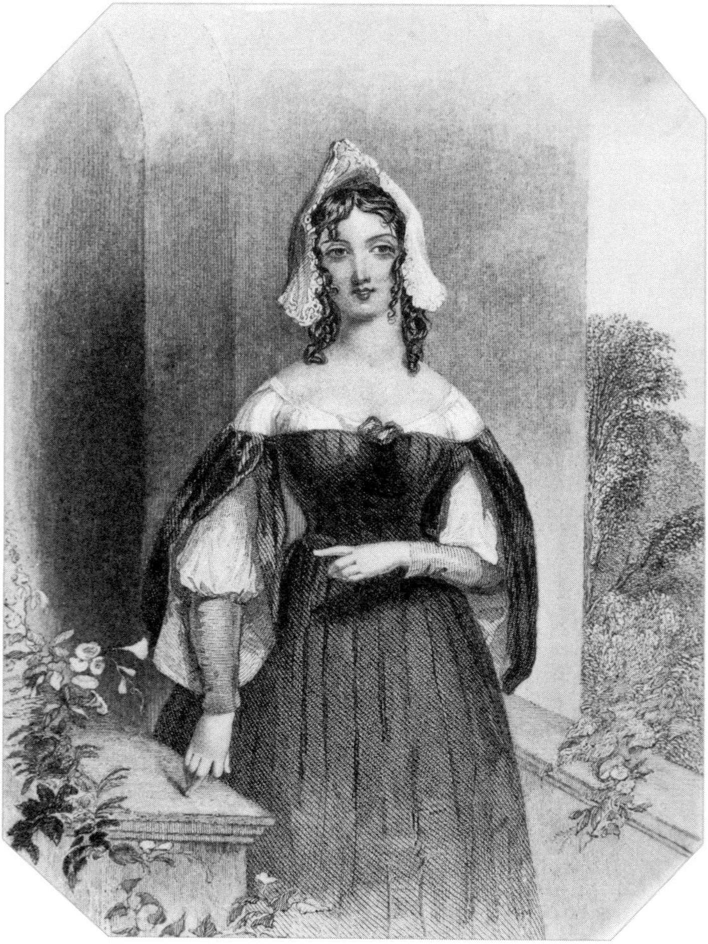

安·培琪

《温莎的风流娘儿们》

第一幕 第一场

安	斯兰德世兄,您也请进吧。
斯兰德	不,谢谢您,真的,托福托福。
安	大家都在等着您哪。
斯兰德	我不饿,我真的谢谢您。喂,您虽然是我的跟班,还是进去侍候我的夏禄叔叔吧。(辛普儿下)一个治安法官有时也要仰仗他的朋友,借他的跟班来侍候自己。现在家母还没有死,我随身只有三个跟班一个童儿,可是这算得上什么呢?我的生活还是过得一点也不舒服。
安	您要是不进去,那么我也不能进去了;他们都要等您到了才坐下来呢。

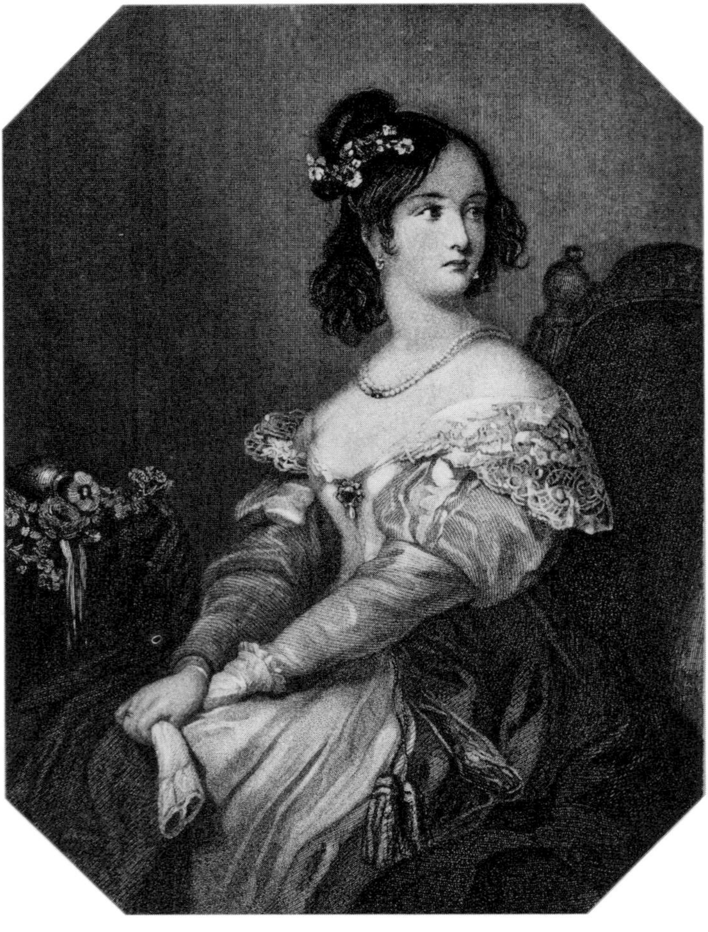

凯瑟丽娜

《驯悍记》

第二幕 第一场

彼特鲁乔　　有劳您去叫她出来吧，我就在这儿等她。等她来了，我要提起精神向她求婚；要是她开口骂人，我就对她说她唱的歌儿像夜莺一样曼妙；要是她向我皱眉头，我就说她看上去像浴着朝露的玫瑰一样清丽；要是她默默不作声，我就恭维她的能言善辩；要是她叫我滚蛋，我就向她道谢，好像她留我多住一个星期一样；要是她不愿意嫁给我，我就向她请问吉期。她已经来了，彼特鲁乔，现在要看你的本领了。早安，凯德，我听说这是你的小名。

凯瑟丽娜　　算你生着耳朵会听，可是这名字会刺痛你的耳朵的。人家提起我的时候，都叫我凯瑟丽娜。

彼特鲁乔　　你骗我，你的名字就叫凯德，你是可爱的凯德，人家有时候也叫你泼妇凯德。

后　记

　　在这本画册的序言中，我已谈到莎士比亚的声名是如何在英国和德国流传开来的，而且也谈到在那两个国家他的作品所获致的理解。至于罗曼语系国家，可惜我无法向你们传达令人高兴的消息：在西班牙，我们这位伟大诗人的名字至今尚未完全为人所知晓；意大利则有意将他拒之门外，也许是为了不让阿尔卑斯山那边的竞争者超过本国诗人的伟大声誉；而法国，作为具有传统趣味和高雅格调的故乡，长久以来认为，把这个伟大的英国人称为"天才的野蛮人"，而丝毫不去嘲笑他的粗野，已经算是对他表示足够的尊敬了。但是，这个国家所经历的政治革命，还引发了一场文学革命，其恐怖程度或许不亚于前者，莎士比亚在此时受到拥戴。当然，正如在他们的政治革命中一样，法国人在他们的文学革命中也很少完全是真诚的；正如在政治上一样，他们在文学上也吹捧某一个英雄，而不管其是否具有真正的内在价值，仅仅是为了通过这样的吹捧能获得眼前的利益。因此，他们可以今天把一个人捧上天，也可以明天把一个人摔下地。十年来，莎士比亚在法国就是那些进行文学革命的党派最膜拜的对象。但是，他在这些党派中间，是否获得了真正出自内心的承认，甚或正确的理解，是大成问题的。法国人得了母亲的遗传，在母乳中吸取了太多的社会谎言，以至于对这位在字里行间呼吸着大自然真理气息的诗人，他们并不能有太多的欣赏，甚至不能理解他。近些年来，他们的作家当然也在极力追求这样一种自然的纯朴性，他们似乎绝望地脱下披在身上的传统外衣，让身体令人可怕地裸露出来……但在他们身上仍然悬挂着的时髦碎片，却显示了那种遗留下来的不自然的矫揉造作，引来德国观众的一阵嘲笑。这些作家总让我想起某些小说中的铜版插画，上面画着十八世纪有伤风化的情爱场景，尽管男男女女都像在天堂里一样赤身裸体，但男人还戴着假发，女人还留着旗塔式发型，穿着高跟鞋。

不是通过直接的批评，而是间接地通过不同程度地模仿莎士比亚的戏剧创作，法国人才达到了对这位伟大诗人的某些理解。作为这一方面的一位介绍者，维克多·雨果应是特别值得赞扬的。我这样说，绝不是要在通常的意义上，把他看作是这位英国人的单纯模仿者。维克多·雨果是第一流的天才，他的想象力和创造力是令人惊叹的，他有自己的形象和自己的语言，他是法国最伟大的诗人。但他的飞马对于当代汹涌澎湃的潮流却怀着一种病态的胆怯，不愿意走向日光映照的鲜活水流……为了使自己恢复精神，他宁愿在过去的废墟中寻找早已湮没的源泉，那里曾是莎士比亚的高头飞马止去了它永恒之渴的地方。而今天由于那个古老源泉部分堵塞，充满污泥，已不再流出清醇的泉水。总之，维克多·雨果戏剧里含有更多的污泥，而不似古英国的诗泉充满生气灌注的灵性，它们缺乏欢快、明朗和健康的和谐……我必须承认，有时我会生出这样一个可怕的念头：这个维克多·雨果是来自伊丽莎白盛世的一个英国诗人的幽灵，一个死的诗人，他怒气冲冲地从墓穴里爬出来，到另一个使他避免与伟大的威廉进行竞争的国度和时代写一些死后的作品。事实上，维克多·雨果使我想起了马洛、德克尔、海伍德等人，他们的语言和风格同那个伟大的同时代人十分相似，唯独缺乏的是他的敏锐和美感，他的丰富和轻盈的优雅，他的启示性的使命……唉，在雨果身上，除了马洛、德克尔和海伍德等人的缺陷外，还要加上一个最糟糕的缺陷：他缺少生命。那些人是感情过于洋溢，血液过于奔放，他们的诗作是诉诸文字的呼吸、哀号和啜泣；但是维克多·雨果，尽管我对他十分尊敬，但我不得不承认，他身上总有些死去的、可怕的、阴森的、从坟墓里爬出来的吸血鬼气味……他没有在我们心中唤起激情而是把它全部吸干……他不是用诗意的升华调和我们的情感，而是用令人厌恶的漫画使之恐惧……他忍受着死亡和丑恶。

前不久，一位同我非常亲近的年轻夫人十分中肯地谈到雨果的缪斯对丑恶的偏爱。她说："维克多·雨果的缪斯让我想起那篇描写一个古怪公主的童话，这个公主只愿嫁给世上最丑陋的男人，为此她在全国发布告示，命令所有丑陋畸形的小伙子作为招婚对象于某日在王宫前聚集……于是，那一天来了各种各样的丑八怪，我相信，在他们当中可以遇见雨果作品中的人物……果然，卡西莫多把新娘领回了家。"

在维克多·雨果之后，我还要提到亚历山大·仲马，他也为法国人理解莎士比亚做了一些间接的工作。如果说，雨果通过对丑的夸张描写，使法国人习惯于在戏剧中不单纯寻求对激情的美化，那么，仲马则使他的同胞极大地满足于激情的自然流露。对于他来说，激情是至高无上的，在他的作品中，激情占据了诗的位置。当然，他的影响也因此更多的是在舞台上。在表现激情方面，他使观众习惯于莎士比亚无与伦比的大胆风格，谁要是观赏过《亨利三世及其宫廷》和《理查·达林顿》，他们就不会再抱怨《奥瑟罗》和《查理三世》的枯燥无味了。人们一度指责他剽窃，这是愚蠢和不公正的。当然，仲马在他表现激情的场景中多少从莎士比亚那里有所借用，但是我们的席勒在这方面干得比他更大胆，却没有受到任何指责。更何况莎士比亚本人不是也从前人那里多有借用吗？这位诗人也碰到过这样的情况：一个专爱挑刺的小册子作者声称，"他剧中的精华都是从过去的作家那里剽窃来的。"滑稽可笑的是，莎士比亚竟被称为一只用孔雀羽毛装扮自己的乌鸦。埃文河上的天鹅沉默着，也许在它心中闪过一个绝妙的念头："我既非乌鸦，亦非孔雀！"它悠闲自适地浮游在蓝色的诗歌波涛上，有时微笑地仰望群星，那天空的金光闪烁的思想。

这里同样应当提到阿尔弗雷德·德·维尼伯爵。这位精通英语的作家对莎士比亚作品有着十分精深的研究，并非常出色地翻译了其中几部。这种研究也对原作产生了有益的影响。根据人们在维尼身上所看到的那种耳聪目明的艺术感，我们可以认为，他比他的大多同胞更深刻地聆听和观察了莎士比亚的精神。这个人的才能，同他的思维方式和情感方式一样，是以优雅和纤巧为标准的，他的作品由于精雕细刻而特别珍贵。因此，我们可以想象到，当他伫立在莎士比亚仿佛是由诗的巨大花岗岩雕刻而成的那些壮美的事物面前时，他有时一定会惊讶得目瞪口呆……他以胆怯的惊叹注视着那些美的事物，像一个金饰匠在佛罗伦萨凝视着浸礼教堂的两扇大门，大门是用一种金属制成的，但看上去却玲珑剔透，仿佛是雕镂出来的一般，甚至就像最纤细的珠宝首饰一样。

　　如果说，理解莎士比亚的悲剧对法国人来说已经够困难的了，那么理解他的喜剧就几乎是不可能的。激情的诗他们容易弄懂，性格刻画的真实性，他们也略知一二，因为他们的心灵已学会燃烧，描写激情恰恰是他们的拿手好戏，他们善于用理智条分缕析地解剖每一个既定的人物性格，并推断出，每当他与现实世界发生矛盾冲突时，将会陷入什么样的状态。但是，在莎士比亚的喜剧魔园里，所有这些经验知识对他们就无所助益了。他们的理智裹足于大门口，停滞不前，他们的内心一片茫然，他们缺少一根只消轻轻一点便把迷宫之门打开的魔杖。这时他们惊异的目光穿越金色的栅栏，看见骑士和贵妇、牧羊人和牧羊女、傻瓜和智者在大树下漫步，看见情侣们躺在凉荫下喁喁私语，看见一只怪兽（大概是一只银角鹿）不时地奔跑过去，或者一只胆怯的独角兽从灌木丛中跳出来，把它的头依偎在美丽少女的怀中……他们还看见水妖从溪流中浮现，披着绿发和闪亮的面纱，看见月亮突然升起……然后，他们听见夜莺的鸣啭……于是，他们不停地晃动着小脑袋，琢磨所有这些莫名其妙的事物！是的，法国人能理解太阳，但理解不了月亮，而他们最不能理解的就是夜莺的幸福啜泣和忧伤而沉醉的歌唱……

如果法国人想解释从莎士比亚的魔园中向他们眼前闪耀的现象，在他们耳畔回响的声音，无论是他们对于人的激情的经验，还是他们的实证知识，都是无能为力的……他们有时以为看见了一张人脸，但走近一看，却是一片风景，他们原来以为是眉毛的东西，却是一丛榛树，而鼻子则是一块岩石，嘴巴是一泓泉水，正像我们在漫画小说中看到的一样……相反，可怜的法国人看作是一株奇形怪状的树或一块奇石的东西，但再仔细看时，却显现为一张真实的、表情阴森的人脸。如果我们能够充分地运用听觉，偷听到躺在树荫下面的恋人的低声倾诉，他们就会更加局促不安……他们听见熟悉的语言，但这些语言却有一种完全不同的意义；于是他们认为，这些人一点儿都不懂炽烈的激情和伟大的爱情，使他们恢复精神的是滑稽的冷饮，而不是火热的春药……他们没有发现，这些人不过是一些善于伪装的人，他们用一种人们只有在睡梦中或在婴儿阶段才学得的莫名其妙的语言交谈……但是，对于站在莎士比亚喜剧栅栏门外的法国人，最糟糕的就是，当一阵清风吹拂过那个魔园的花坛，一阵闻所未闻的花香扑鼻而来时……"这是什么气味？"

出于公正性，我在此有必要提及一位法国作家，他十分娴熟而巧妙地模仿了莎士比亚的喜剧，仅仅是他对范本的选取就已经显示其对真正诗艺的罕见接受力。这位作家是阿尔弗雷德·德·缪塞。大约五年前，他曾写了几个短剧，就结构和方式而言，完全是对莎士比亚喜剧的模仿。尤其是，他以法国人的轻佻作风来汲纳弥漫于莎士比亚喜剧中的情绪（而不是幽默）。即使在这几本精美的短小作品中，也不缺乏某些纤细，但却经得起检验的诗意。令人遗憾的只是，这位当时还很年轻的作者，除了阅读莎士比亚的法文译本，还曾读过拜伦的法文译本，他因此而受到诱惑，穿着那位怪僻的英国爵士的服装，矫揉造作地模仿当时在巴黎青年人中流行的厌世倦生的风气。在当时，甚至那些无忧无虑、涉世未深的少年也居然宣称，他们享受人生的能力已经枯竭，他们装出一副心灰意冷、一蹶不振、万念俱灰的样子。

后来，我们可怜的缪塞先生当然迷途知返了，不再在他的作品弹奏老调，——可是现在，唉，他的作品虽然已经没有那种矫揉造作的万念俱灰，但却仍可以看到一种无可慰藉的身心衰竭的痕迹……唉！这位作家使我想起了十八世纪宫廷花园里经常修建的那些人工废墟，想起了那些幼稚可笑的游戏，一旦它们随着岁月的流逝，真的受到风雨的侵蚀，逐渐倾圮，化为真正的废墟时，便会引起我们的伤感。

如上所述，法国人不大适合于理解莎士比亚喜剧的精神，在他们的批评家中，除了唯一一个例外，我找不出任何人对这种罕见的精神哪怕有一点儿预感。这个人是谁呢？谁是那个例外？古茨科说，大象是动物中的理论家。就是这样一头聪明的非常笨拙的大象，最敏锐地理解了莎士比亚喜剧的精髓。的确，人们几乎难以相信，为现代缪斯那些优美而放荡不羁的幻想写出绝妙的评论文章的，竟是基佐先生。在此，我从1822年在巴黎由拉德沃卡出版的标题为《论莎士比亚并论戏剧诗》的一篇论文中译出一段来，以飨读者。

"莎士比亚的那些喜剧，既不像莫里哀的喜剧，也不像阿里斯托芬或罗马人的喜剧。在希腊人以及近代的法国人那里，喜剧是通过虽然随意但却是细致地观察真实的现实生活而产生的，在舞台上表现这种现实生活，乃是他们的使命。在艺术开端之初，人们就已经发现了喜剧和悲剧体裁之间的区别，随着艺术的发展，两种体裁的区别就愈来愈明确地表现出来。这种区别的根源在于事物本身。人的命运和天性，他的激情、活动、性格以及各种各样的事件，即我们身上和我们周围的一切，既有严肃的一面，也有滑稽的一面，既可以从此一角度，也可以从彼一角度来观察和表现。人和世界的两面性规定了戏剧两种必然不同的轨道。但是，不论艺术是选择此一轨道或彼一轨道作为竞技场，它都不会偏离对现实的观察和表现。阿里斯托芬可以运用无限自由的想象鞭挞雅典人的罪恶和愚蠢，莫里哀可以对轻信、吝啬、妒忌、迂腐、贵族的傲慢、市民的虚荣和德行等弱点品头论足，重要的在于，两位诗人处理的是完全不同的题材，一个把整个生活和整个民族搬上了舞台，而另一个则将私人生活的事件、家庭的内幕和个人的笑料搬上了舞台。戏剧题材的这种差异，乃是由时间、地点和文明的差异造成的……但是，无论对阿里斯托芬还是对莫里哀，现实生活、真实世界，永远是艺术表现的根基。点燃并维持他们诗意灵感的，是他们所处时代的风尚和观念，他们同胞的恶习和愚蠢，总而言之，是人的天性和生活。因此，喜剧来源于诗人的周围世界，而且它比悲剧更紧密地贴近于外部世界的现实生活……

"莎士比亚则不然。在他那个时代的英国，戏剧的素材，即自然和人的命运，尚未从艺术的手中获得上述那种区别和分类。如果诗人想对这一素材进行加工，把它搬上舞台，那么，他就是整体地采用素材，包括其中的一切混合因素和对立因素，至于观众，他们也绝不会在欣赏趣味方面抱怨这样一种表现方法。只要符合真实，喜剧因素作为人的现实的一部分就无处不表现出来。把喜剧因素和悲剧因素融合在一起，这恰是英国文明的特征，悲剧并没有因此而丧失其真实性的尊严。舞台的状况和观众的趣味既然如此，那么真正的喜剧又是个什么样子呢？它怎样才能成为一个特殊的艺术种类，并获得'喜剧'这一特定名称呢？要达到这一点，喜剧只有摆脱那些既不保护也不承认其固有的范围界限的现实。这种喜剧不再局限于表现特定的风尚和既定的性格特征，它不再试图以一种虽然可笑但却真实的形象来描写事物和人，而是成为一种幻想的、浪漫的精神创作，一个为所有那些令人欢快的荒诞不经的事物提供庇护的场所，而这些荒诞不经的事物则由想象力随心所欲地用一根细线连缀在一起，从而构成一个五彩缤纷、纵横交织的统一体，使我们无需经受理性的判断而感到愉悦和兴味。优雅的画面，出人意料的情节，轻松的诡计，被激起的好奇心，受骗的期待，以假乱真，乔装打扮的机智，这一切都是那些无害的、轻易混合的喜剧素材。在英国，西班牙戏剧的情节开始受到人们的欣赏，它为戏剧提供了各种各样的框架和范本，那些框架和范本也一样适用于那些编年史和叙事谣曲，适用于那些连同骑士小说一起为读者所喜爱的法国和意大利的中篇小说。显然，这个丰富的宝藏和这个轻松愉快的剧种，早就引起了莎士比亚的注意！他年轻而卓越的想象力喜欢徜徉于那些摆脱了理性桎梏的素材中，在这里他可以利用一切可能性来创造严肃的和强烈的效果！这位诗人的精神和双手不停地运动着，他的手稿几乎没有一点修改的痕迹，毫无疑问，他是以一种特殊的兴趣献身于那些无拘无束、充满冒险的剧作的，他在这些剧作中，可以毫不费力地发挥各种各样的才能。他能够把一切都倾注到他的喜剧中去，而事实上，他的确是把一切都倾注进去了，除了与这一体裁完全不相容的东西，即那种使剧本的每一部分都服从于整体目的，并在每一细节上显示出作品的深刻、伟大和统一性的逻辑关联。在莎士比亚的悲剧中，人们很难找到一种构想，一种情景，一种激情的行为，一种他的某一部喜剧中所没有的罪恶或德行。但是在悲剧中那向无底深渊伸展的一切，那显示出震撼人心效果的一切，那严格地符合于一系列因果关系的一切，在喜剧中几乎没有出现，只是为了获得转瞬即逝的效果，为了同样迅速地消失于一种新的情节关联，那一切才瞬间显露一下。"

事实上，那只大象说得对，莎士比亚的喜剧本质上就像一只色彩斑斓的、变幻无常的蝴蝶，它飞舞在花丛间，很少触及现实的地面。只有同古人和法国人的现实主义喜剧相对照，莎士比亚的喜剧才显示出某种确定的东西。

昨天晚上，我久久地思考，关于这个无穷无尽的、无拘无束的体裁，关于莎士比亚的喜剧，我究竟能不能给出一个肯定的阐明。在长久的反复思索之后，我终于入睡，我梦见，星光灿烂的夜晚，我驾着一叶扁舟，泛游在一个宽阔的湖面上，湖面上有各式各样的帆船，装满了戴假面的人、音乐师和火炬，乐声震天、火光闪耀，时而近，时而远，从我面前划过。人们身着各个时代和各个国家的服装：古希腊的短袖束腰长袍、中世纪的骑士大氅、东方的头巾、缀有飘带的牧羊人的帽子、野兽和家畜的面具……时而一个相识的人向我点点头……时而熟悉的人们相互问候……但这总是很快就过去了，我正倾听从另一只驶过来的小船上向我欢呼的乐曲，它一会儿就消逝了，在另一只小船上，忧伤的号角代替欢快的提琴在我身旁长叹……夜风偶尔也把提琴声和号角声同时吹进我的耳朵，于是这交织混合的声音构成了一种极乐的和谐……湖水激荡作响，发出旷古未闻的异音，在火炬奇幻的映照中燃烧，流光溢彩的画舫，连同它浪漫的假面世界，在灯影和乐声中飘荡……一个娇美的倩影，伫立在一只小船的舵旁，在划过去时向我呼喊：喂，我的朋友，你不是想要关于莎士比亚喜剧的定义吗？我不知道如何作答。但就在同时，美丽的妇人把手伸进了水中，将噼啪作响的水花洒到我的脸上，引来一片笑声，将我从梦中唤醒。

在梦中如此戏弄我的那个娇美的妇人是谁？在她美丽的头上，戴着一顶色彩斑斓的三角形系铃帽，她那简直是过于苗条的肢体披裹在一件饰有白色飘带的锦衣里，胸前佩戴着一枝鲜红的蓟。她也许就是变幻无形的女神，那个古怪的缪斯，在罗瑟琳、贝特丽丝、提泰妮娅、薇奥拉（按以往的称呼，她们是莎士比亚喜剧的可爱孩子）诞生时她都在场，并吻了她们的额头。她一定把所有的喜怒哀乐和奇思怪想都吻进了那些小家伙的脑袋，一直影响到她们的心灵。在莎士比亚喜剧的女人身上，如同在男人身上一样，激情完全没有在悲剧中所显示的那种可怕的严肃，那种宿命论的必然性。在喜剧里，小爱神虽然也系着一道绷带，背着一袋箭，但这些箭与其说装上的是些致命的尖头，不如说是彩色的羽毛，而那小神也时不时地越过绷带斜着眼睛看人。在那里，火焰不是燃烧，而是闪耀，但火焰毕竟总是火焰。正如在莎士比亚的悲剧中一样，在他的喜剧中，爱情也完全具有真实的特征。是的，真实永远是莎士比亚的爱情的标志，无论她以什么样的形象出现，她可以叫米兰达、朱丽叶，或者甚至叫克莉奥佩特拉。

当我不是有意而是偶然地一起提到这些名字时，我想说明的是，她们也标志着三种最重要的爱情典型。米兰达是这样一种爱情的代表，她能够超越历史的影响，像开放在只有仙履才能踏入的纯洁土壤上的花朵，展现出她最崇高的理想。爱丽儿的旋律塑造了她的心灵，对于她，感性世界不过是一个凯列班的丑陋可怕的形象。腓迪南在她心中激起的爱情，因此原本不是质朴的，而是具有永恒的忠贞，天然的、几乎令人惊愕的纯洁。朱丽叶的爱情如同她的时代和环境一样，更多地具有一种中世纪的且已经向文艺复兴盛开的浪漫情调，它色彩绚烂有如斯卡利格尔的宫廷，但同时也坚强得像那些伦巴第的贵族（日尔曼人的血液使他们青春焕发，正因如此，他们才爱得有力，一如他们恨得有力）。朱丽叶代表一个青春的、尚有几分粗野、却富于生机的、健康时代的爱情。她身上整个渗透着这样一个时代的热情和坚信，即使墓穴里的腐烂之气也不能动摇她的信念，熄灭她的火焰。至于我们的克莉奥佩特拉，唉！她却代表一个病态的文明时代的爱情，这个时代的美已经枯萎，她的头发尽管卷得精巧秀美，涂着芬芳四溢的发油，但还是辫进了一些灰白的头发，这个时代急不可耐地要把那快要干涸的圣餐杯倒空。这种爱情没有信任，没有忠诚，却因此而更加放荡，更加炽烈。这个急躁的女人恼怒地意识到这种欲火难以熄灭，于是就火上浇油，酩酊大醉般地坠身于熊熊火焰之中。她是胆怯的，但却为奇特的破坏欲所驱动。这种爱情永远是一种疯狂，或多或少是美丽的；但在这个埃及女王身上，它却上升为极其可怕的疯狂……这种爱情是一颗飞逝的彗星，拖着光焰的尾巴，在广阔无垠的天空中划过，即使不毁坏同一轨道上的一切星体，也会使它们惊骇，最终它像一团烟火，悲惨地噼啪作响，迸裂为成千上万粒火花。

是的，你就像是一颗可怕的彗星，美丽的克莉奥佩特拉，你不仅烧毁了自己，而且也意味着你的同时代人的不幸……同安东尼一起，古老英勇的罗马帝国也悲惨地灭亡。

  但拿什么同你们比较呢，朱丽叶和米兰达？我再一次仰望天空，想在那里寻找同你们一模一样的人物。也许她们就在我目光所不能穿越的群星后面。假如炽热的太阳也有月亮的柔和，朱丽叶啊，我就会拿你同太阳相比！假如柔和的月亮同时也有太阳的炽热，米兰达啊，我就会拿你同月亮相比！

译后记

　　海涅的《莎士比亚笔下的少女和妇人》，是我差不多二十年前的一篇旧译，收在中文版《海涅全集》第七卷中。恰逢莎士比亚逝世四百周年之际，为纪念这位大戏剧家，商务印书馆有意将拙译作为一个单独的本子再行出版，这样的一件雅事，我何乐而不为。由于是多年前的译文，加之当时翻译较为仓促，诚不免有尚欠斟酌和不妥当的地方，因而乘此次出版的机缘，遂将全文从头至尾、逐字逐句地重新修订和润色了一遍，并有多处改动，较之旧译，面貌已略有不同。可见译事之不易，需要细细打磨的功夫。

　　我并非海涅研究的专家，当年翻译他的《莎士比亚笔下的少女和妇人》只能说是兴之所至，偶尔为之。记得早年读书期间一度涉猎海涅，也写过一二篇关于他的文章，但由于"钟情"海涅所批评的德国早期浪漫派，尤其后来又一发而不可收拾地寝馈在荷尔德林和里尔克之中，便与海涅渐行渐远，几乎再无涉足，直到此次修订旧译，才又一次走近海涅，重温其文字风流。后人评价海涅，以尼采为最，他说海涅"达到了抒情诗的最高境界"，虽不免过誉，却也足见其在德语文学史上的地位和影响。海涅诗歌之脍炙人口、家传户诵，固因其语言质朴，音韵优美，情感真切，接近民歌，其中多多少少也仰赖于他的作品被大量地谱写成歌曲，在世界范围内广为流传，而海涅如此受作曲家的青睐，在德国大概只有被尊为"诗坛君王"的歌德差可比拟。可我始终觉得，若单以文学的成就而论，海涅尚不能与歌德和席勒并驾齐驱，而他在诗歌的思想表现上，也不逮荷尔德林和里尔克的阔大流转和深沉蕴藉。然而，海涅不仅是诗人，同时也是批评家，1831年，海涅流亡巴黎后，几乎鲜有诗歌问世，而是将精力更多地转向思想和艺术的批评，写了大量的批评文字，其最著者如：《论德国宗教和哲学的历史》《论浪漫派》《莎士比亚笔下的少女和妇人》《论法国画家》《精印本〈堂吉诃德〉引言》等，在欧洲文化界造成极大的影响，曾风靡一时。相对于作为诗人的海涅，我反倒是更为喜欢和佩服作为批评家的海涅，我读他的那些批评，只觉得文笔犀利，机智雄辩，庄谐杂出，逸趣横生，而且由于他遍读群籍，于学无所不窥，文史知识十分丰富，下笔为文，故能广征博引，胜义迭出，读之往往让人倾倒，不忍释手。因此，我相信，只要是读过海涅批评文字的人，几乎不会否认，他是第一流的批评家，而写文化批评，能以文体传世的，海涅亦不作第二人想。

在德国，海涅最为推崇的是歌德，而在英国，最让他倾慕不已的则是莎士比亚，他称莎士比亚戏剧是世界文学中"一座不可超越的高峰"。当然，对莎士比亚的如此推崇，德国人中并非自海涅始，海涅自己就说过，在德国，莱辛"是第一个为莎士比亚发声的人"。早在18世纪中叶，莱辛就已为建立德国本民族的戏剧，而与法国古典主义针锋相对，号召德国人向莎士比亚学习。在莱辛之后，维兰德、赫尔德、歌德、席勒，以及奥·施莱格尔和蒂克等人闻风而起，亦不遗余力地宣传和颂扬莎士比亚，使莎士比亚在德国声誉日隆，影响力甚至远超过在他的故乡英国。1775年至1782年，莎士比亚全集在德国出版，而从1818年到1839年，他的全集已达八个版本之多。无怪乎歌德会说："德国人对莎士比亚的赏识，不是其他国家所能比，恐怕连英国人也有所不及。我们德国人对待他，极尽公正和爱护的能事。"后来，海涅又进一步引申发挥了歌德的这一说法，认为"德国人比英国人能更好地理解莎士比亚"，因为英国人在莎士比亚那里，"领悟到的只是特征，而不是诗意……他们永远都看不到莎士比亚戏剧中那种最简单、最原初的东西，即自然"。

海涅的这个评价是否准确，固可不论。但他的《莎士比亚笔下的少女和妇人》，在迄今为止的莎士比亚评论中，无疑可视为最精辟隽永，引人入胜，而又可"传诸久远"的评论之一。海涅从小就熟读莎士比亚，几乎观遍了莎士比亚所有戏剧的演出，因此，对剧中的人物、场景、情节、氛围，皆可娓娓道来，达到了熟极而流的程度。据海涅自己说，他在伦敦逗留期间，所寻访的每一处名胜，所参观的每一个地方，都会让他清晰地回忆起莎士比亚，那些在莎士比亚历史剧中已化为永恒的场景，源源不断地在他脑海中呈现。

也许正因为如此，海涅便成为撰写《莎士比亚笔下的少女和妇人》的最"胜任愉快"的人。1838年春，巴黎的出版商德洛耶打算为莎士比亚戏剧中的女性人物出版一本铜版肖像画册，约请海涅为其写说明文字，海涅虽对某些画像中的"大卫古典主义"画风薄有不满，但为了他喜爱的莎士比亚，他还是接受了这个任务。在写作之前，海涅通读了德文的莎士比亚全集，在身患眼疾、无法写作的情况下，通过口授，不到三个星期便写完了全书。全书共四十五幅肖像画，说明文字分引言、悲剧、喜剧、后记四个部分。画册出版后，仅三个月便销售一空，也可谓是"洛阳纸贵，风行一时"。

古往今来，关于莎士比亚的评论，可用"汗牛充栋""浩如烟海"来形容，但人们谈到莎士比亚，都不免会想到歌德的《说不尽的莎士比亚》，它几乎已成为经典。如果说，在这方面，能与歌德相媲美的，那我要推荐的就是海涅的《莎士比亚笔下的少女和妇人》，其"惊才绝艳，雅丽可诵"，甚且"有过之而无不及"，读者自可从书中慢慢体味。

作为译者，我深感难追海涅的文字魅力，虽已竭尽心力，但译文中的错误和不妥仍在所不免。知我罪我，其惟读者！

是为译后记。

李永平

1837年的海因里希·海涅